창백한
얼굴들

ON THE WHITE PLANET

씨네21북스

창백한 얼굴들

ON THE WHITE PLANET

나는 왜 이 땅에서
애니메이션을 만들고 있는가?

허범욱

Contents

한국영화아카데미 장편 애니메이션 제작연구과정 5기

#999 꿈의 구장 – 에필로그

들어가는 말

한 편의 장편 애니메이션이 만들어지기까지 과정을 지켜보면 '모든 일에는 끝이 있다'는 감회에 젖게 됩니다. 애니메이션 제작과정은 천천히 한 걸음씩 전진하는 것과 같아서 마치 먼 산 너머 끝이 보이지 않는 길을 걸어가는 느낌입니다. 그러다 보니 '이 일에 과연 끝이 있을까?'라는 의구심이 드는 게 사실이지요. 그러나 개미들이 티끌을 모으고 맞추면서 집을 짓듯이 그렇게 한 걸음씩 걷다 보면 산도 넘고 골짜기도 건너서 드디어 마침표가 보이는 길에 들어서게 됩니다.

이번 한국영화아카데미 장편 애니메이션 제작연구과정 5기, 6기 작품인 허범욱 감독의 〈창백한 얼굴들〉과 박혜미 감독의 〈화산고래〉는 유난히 이런저런 역경을 많이 겪어서 더더욱 '저 길을 어떻게 걸어왔나?' 싶은 생각이 절로 듭니다. 두 작품은 한국영화아카데미 장편 애니메이션으로서는 처음으로 과감히 단독 연출을 시도했고, 그만큼 우려와 시련도 많았습니다. '과연 경험이 많지 않은 젊은 연출자가 이 거대한 작업을 무사히 완수할 수 있을까?'라는 화두가 늘 따라다녔습니다.

내용적으로 〈창백한 얼굴들〉과 〈화산고래〉는 새로운 시도를 하고 있습니다. 두 작품은 그동안 한국 장편 애니메이션이 감히 시도하지 않았던, 또는 70, 80년대

반공 판타지물에 묻혀 잊혔던 SF 하드보일드 판타지 세계를 펼쳐 보이고 있습니다. 각각의 장르는 더욱 특별합니다. 〈창백한 얼굴들〉은 누아르, 〈화산고래〉는 어드벤처 장르를 지향하고 있습니다. 결과적으로 두 연출자는 이런저런 우려와 시련을 말끔히 이겨냈습니다. 역경을 이겨낸 두 사람에게 축하의 박수를 보냅니다.

혹자는 두 감독이 이런 도전적인 작품을 만들 수 있었던 것이 한국영화아카데미의 뒷받침이 있었기 때문이라고 오해할지도 모릅니다. 하지만 여기에 있는 누구도 그런 말을 듣고 싶어하지 않습니다. 연출자들 역시 한국영화아카데미를 따뜻한 울타리라고 생각해서는 안됩니다. 한국영화아카데미가 바라는 것은 여러분의 발판이 되는 것입니다.

지금 두 연출자는 관객들과 만나는 지점에 와있습니다. 관객들이 두 연출자의 시련과 도전을 평가하고 이들의 다음 작품에 희망을 북돋아 주시기 바랍니다. 그래서 허범욱, 박혜미 두 감독이 이제 한국영화아카데미라는 발판을 딛고 당당히 더 넓은 무대에 올라서길 바랍니다.

이성강(한국영화아카데미 전임교수)

000
성난 황소

프롤로그

2013년 10월. 한창 메인 프로덕션이 정점을 향해 가고 있습니다. 각 파트들의 마감 시간이 겹치고, 곪아 있던 상처들이 터져 나가듯 불안했던 부분들이 기어이 사고를 일으킵니다. 하루하루가 강한 펀치를 맞고 휘청거리는 권투선수와 같습니다. 그로기 상태가 지속됩니다. 하지만 저는 이 시점에 작품 제작을 마무리하는 제작백서를 써야 합니다. 영상을 만들어 내는 것에 모든 노력을 쏟아부어야 할 바로 이 시점에 말입니다.

"응? 왜?"

'작품이 완성되기도 전에 작품 제작 전체를 뒤돌아보며 마무리하는 글을 써라.' 이 말도 안 되는 현상을 단번에 이해할 수 있는 사람은 없을 것입니다. 저 또한 그렇습니다. 하지만 저에게 한국영화아카데미 장편 애니메이션 제작연구과정은 시작부터 이와 같이 이해할 수 없는 행정적인 상황들의 연속이었습니다. 모든 과정은 상식적이라고 생각할 수 없는 선에 놓여 휘청거렸습니다. 모든 과정 하나하나가 정상적이지 않았죠. 그렇기에 제 제작백서가 과연 제작백서로서의 기능을 할 수 있을지 모르겠습니다. 저는 극단적인 예외, 이전에도 없었고 이후에도 저와 같은 상황은 일어나지 않을 것이 분명하기 때문입니다.

　　한국영화아카데미 장편 애니메이션 제작연구과정 5기 〈창백한 얼굴들〉 프로젝트의 제작백서는 이전의 작품들과 전혀 다른 방식의 제작백서가 될 것입니다. 〈창백한 얼굴들〉은 특별한 기법을 사용하지도 않았고, 특별한 장비를 사용하지도 않았습니다. 그렇다고 해서 특별한 사람들과 작업한 것도 아닙니다.

"평범합니다."

　　그렇기에 기술적인 면은 큰 의미가 없습니다. 제작방식의 전반적인 모든 사항들은 이전 작품들의 제작백서에 매우 자세히 나와 있습니다. 저는 오로지 제가 이 땅에서, 애니메이션 비전공자로서 독립애니메이션을 만들며 느끼고 경험했던 현실적인 면과 감정적인 면. 그리고 장편제작과정에서 일어난 실패의 순간들. 각종 부조리 극을 보는 것 같은 다양한 감정들을 글로 표현할 것입니다. 저는 이것이 더 의미 있을 거라고 확신합니다. 물론 이런 글을 원하지 않는다면 읽지 않는 것을 권장합니다. 강요하지는 않겠습니다.

　　사각의 링 위에서 휘청거리는 몸을 추스르며 과거로 시간을 되돌립니다. 제가 과거로의 여행에 얼마나 집중할 수 있을지 저도 알 수 없습니다. 저와 주먹을 맞대고 있는 상대 선수가 분명 과거로의 시간여행을 방해할 것이기 때문입니다. 하지만 감수해야 합니다. 분명 지금은 상대 선수에게 집중해야 하는 시간입니다. 한눈을 팔다간 턱이 남아나지 않는다는 것을 누구보다 잘 알고 있습니다. 단단히 가드를 올리고 방어에 치중하며 과거로 떠납니다. 약간의 현기증이 과거로 되돌아가고 있음을 확인시킵니다. 시나리오를 썼던 2011년 12월의 첫날과 같이 긴장과 설렘을 안고 작은 노트북을 엽니다. 긴 글이 될 것입니다.

OII

창백한 얼굴들

창백한 얼굴들

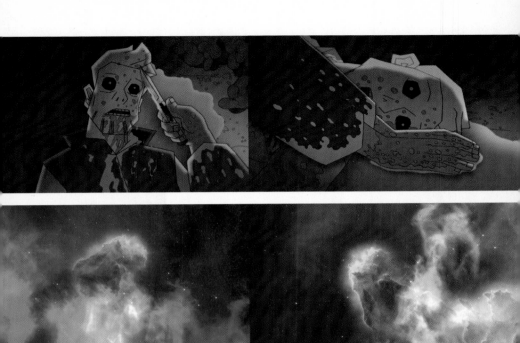

창백한 얼굴들

창백한 얼굴들

015

창백한 얼굴들

A

매우 보편적인
나의 어린 날들

001

400번의 구타

어린 시절의 꿈 그리고 좌절

꿈의 시작은 태권도 국가대표였습니다. 초등학교가 아닌 국민학교 때부터 제 꿈은 오로지 태권도 국가대표였습니다. 모두가 책을 읽을 때, 저는 발차기를 했고 운동장을 뛰었습니다. 아무것도 모른 채, 어른들이 시켜서 하는 것이 아닌 '꿈'을 이루고자 몸을 움직였습니다. 그렇기에 고통을 참아낼 수 있었습니다. 하지 못했던 기술을 하게 되었을 때 행복했던 기억은 서른 살이 넘은 지금까지 생생히 기억하고 있습니다. 그 순간의 태양빛, 공기, 발에 닿는 촉감, 몸에 남은 움직임의 세세한 느낌까지도 기억납니다. 행복은 매우 가깝고 소소한 곳에 있었습니다. 하지만 모두가 그렇듯 행복은 오래 가지 않았습니다. 오래 가지 않기에 더 애틋한지도 모르겠습니다. 잡으려 해도 잡을 수 없는 손바닥에 고인 물과 같이 바닥으로 흘러내립니다.

실력이 더 이상 늘지 않는 정체 상태가 오랫동안 지속되었습니다. 시합에 나가도 시상대에 올라갈 수 없는 형편없는 실력. 지역에서도 1등을 하지 못하는 선수에게 미래는 없습니다. 저와 같은 평범한 선수는 전국에 수천 수만 명이 10톤 트럭 100대에 빼곡히 올라타 있기 때문입니다. 저의 첫 번째 좌절은 여기서 시작됩니다. 세상 모두가 저에게 그만두라고 외치고 있었습니다. 홀로 있는 시간이 늘어가고, 자신과의 대화가 길어졌습니다. 이미 모든 것은 정해져 있었는지도 모르겠습니다.

그저 현실을 인정할 수 없었을 것입니다. 돌아가신 할머니가 생전에 죽음이 턱 밑까지 다가온 순간에도 더 살고 싶다고 말씀하셨던 그 말과 같을 것입니다.

"여기서 그만하자."

내려놓았을 때, 저는 고등학생이 되어 있었습니다. 아무런 꿈이 없는 고등학교 1학년, 열일곱 살. 꿈이 없는 날들은 아무런 의미가 없었습니다. 태어나서 처음 읽는 교과서도, 학과 공부도 아무 흥미가 없었습니다. 허망한 시간들이 흘러가고 저는 열여덟 살이 되었습니다. 대망의 2000년. 생각지도 못한 순간. 다시 저에게 꿈이 생겼습니다.

정희성, 저문 강에 삽을 씻고

고등학교 2학년 문학 과목 첫 시간. 머리가 벗겨져 소갈머리가 그대로 드러난, 남루하고 삐쩍 말라 곧 쓰러질 것 같은 한 할아버지 선생님이 문을 열고 들어옵니다. 얇은 목소리로 자기소개를 하지만 아무도 듣지 않습니다. 대부분이 고슴도치처럼 몸을 웅크리고 있습니다. 하지만 선생님은 신경 안 쓴다는 듯 자기소개를 마치고, 자신이 쓴 것이라며 시를 읽기 시작합니다. 느닷없는 강렬하고 우렁찬 목소리에 건물이 흔들립니다.

창백한 얼굴들

저문 강에 삽을 씻고

정희성

흐르는 것이 물뿐이랴
우리가 저와 같아서
강변에 나가 삽을 씻으며
거기 슬픔도 퍼다 버린다

일이 끝나 저물어
스스로 깊어 가는 강을 보며
쭈그려 앉아 담배나 피우고
나는 돌아갈 뿐이다

삽자루에 맡긴 한 생애가
이렇게 저물고, 저물어서
샛강 바닥 썩은 물에
달이 뜨는구나

우리가 저와 같아서
흐르는 물에 삽을 씻고
먹을 것 없는 사람들의 마을로
다시 어두워 돌아가야 한다

창백한 얼굴들

그때 제가 느낀 충격은 너무도 새롭고 놀라운 것이어서 정신을 차릴 수 없었습니다. 한 순간에 저의 정신을 빼앗아 가버렸죠. 생애 처음으로 느낀 강렬한 문화적 충격이었습니다. 그것은 분명 저뿐만이 아닐 것입니다. 자고 있던 모든 아이들이 번쩍 정신을 차리고 일어날 정도였으니 말입니다. 모두에게 매우 크게 다가왔을 것입니다. 시를 읽어주신 선생님은 시인 정희성. 매우 유명한 현대 시인이라는 것을 이후에 알 수 있었죠. 그 유명한 시인이 서울의 작은 고등학교 문학 선생님으로 계셨던 것입니다.

"나는 시인이 될 거야."

그 시간 이후로 제 꿈은 시인이 되는 것이었습니다. 열여덟 살. 저는 태어나서 처음으로 시를 읽고 소설을 읽었습니다. 활자 중독에 걸린 아이처럼 수업시간에도, 집에서도 계속 읽었습니다. 백석의 시와 도스토예프스키의 소설은 저에게 성경과 같았습니다. '글'의 매력은 굉장했습니다. 다시 행복이 찾아왔습니다. 문학은 제 두 번째 꿈이었습니다.

국문학과를 가기 위해 처음으로 진지하게 공부를 시작했습니다. 하지만 2년의 시간이 짧았던 것일까요? 네, 분명 시간은 무시할 수 없습니다. 12년 동안 공부한 그들과 저 사이에는 비교할 수 없는 물리적인 시간이 있었습니다. 따라잡을 수 없는 시간들이었습니다. 어쩌면 당연한 결과일 수도 있습니다. 저는 한정된 시간 속에서 할 수 있는 모든 노력을 다 했지만, 지원한 대학에 전부 떨어졌습니다. 당시, 그 누구보다 많이 읽고 썼다고 자부했던 저는 그 실패에 무너져 내렸습니다. 제가 믿고 있었던 것이 사실은 아무것도 아닌 먼지에 불과하다는 것을 받아들이기 쉽지 않았습니다. 실력을 자책하는 날들이 이어졌습니다. 2002년. 세상이 축구 하나로

창백한 얼굴들

행복하던 그때, 저는 극심한 열등감에 시달리는 스무 살이 되어 있었습니다. 다시 고민의 순간이 찾아왔습니다.

"계속 해야 할까? 할 수 있을까?"

창백한 얼굴들

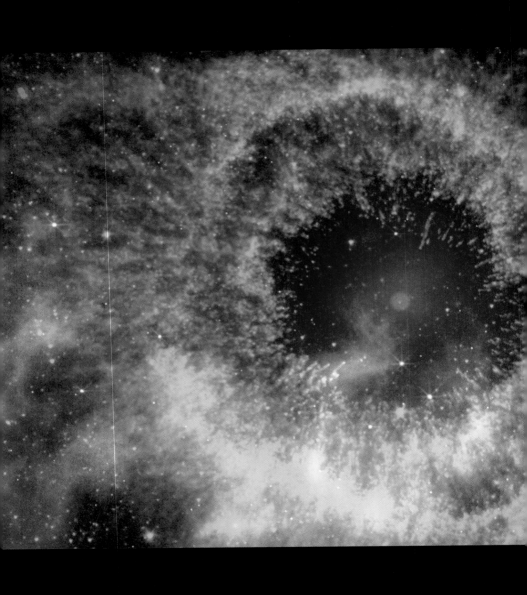

022

창백한 얼굴들

창백한 얼굴들

002
키즈 리턴

NFBC와 단편 애니메이션

아무것도 하고 싶은 것이 없던 스무 살의 저는 이곳 저곳 떠돌며 여행을 했습니다. 고민의 해답을 찾기 위한 것이었습니다. 그러나 저의 답안지는 객관식이 되지 못했습니다. 대안이 없었기 때문입니다. 분명한 주관식. 아무런 확신도 없이 재수생이라고 적고 싶지는 않았습니다. 열등감이 그것을 허락하지 않았습니다.

그러던 저에게 굉장한 우연이 일어납니다. 그곳은 남산이었습니다. 터벅터벅 남산을 내려오던 저의 눈에 '서울애니메이션센터'라는 처음 보는 건물이 들어왔습니다. 그리고 현수막에 이렇게 쓰여 있었습니다.

NFBC 특별전

아무런 정보도 없던 저는 무료 상영이란 말에 시간이나 잠시 때울 겸 상영관 안으로 들어갔습니다. 그 시절 생긴 지 얼마 안된 서울 애니메이션 센터는 모든 것이 무료였습니다. 만약 입장료가 있었다면 저는 들어가지 않았을 것입니다. 지금 되돌아보면 어쩌면 그것은 '정해진 운명이 아니었을까?' 하는 말도 안 되는 생각을 하게 됩니다.

그때, '단편 애니메이션'을 처음 보게 되었습니다. 그것도 단편 애니메이션의 정점인 NFBC (National Film Board of Canada) 캐나다 국립영화제작소 작품들을 처음 보게 된 것입니다. 그때의 시각적 충격은 이루 말할 수 없는 새로운 경지였습니다. 아무 생각 없이 들어온 상영관에서 저는 새로운 세상에 눈을 뜨게 되었습니다.

"해보고 싶다."

집으로 돌아오는 버스 안에서도 계속 방금 전 보았던 영상들이 떠올랐습니다. 그 매력에서 빠져나올 수 없었습니다. 계속해서 깊게 빠져들었던 저는 그해 단편 애니메이션을 상영하는 영화제는 모두 찾아 다니기 시작했고, 서울애니메이션센터 자료실에 있는 모든 단편 애니메이션을 챙겨 보았습니다. 단편 애니메이션의 세계는 넓고 다양했습니다. 물론 저의 청소년 시절은 TV에서 편하게 명작 애니메이션을 볼 수 있는 황금기였습니다. 밖에서 뛰어 놀다가도 그 시간만 되면 모두 TV 앞에 각 잡고 앉아 있었죠. 또 '디즈니'와 '지브리'로 대표되는 장편 애니메이션의 성수기이기도 했습니다. 그야말로 애니메이션의 시대였습니다. 그 시절은 모두가 애니메이션을 좋아했습니다. 그러나 그 작품들을 보고 애니메이션을 만드는 사람이 되고 싶다는 생각을 하진 않았습니다. 오직 단편 애니메이션만이 저에게 새로운 꿈을 주었습니다.

2002년의 가을. 생각보다 빨리 새로운 꿈이 생겼습니다. 다시 행복이 찾아왔습니다. 그러나 마음 한편에서는 불안감이 스멀스멀 올라오고 있었습니다. 문학을 놓고 싶지 않은 욕심과 새로운 꿈이 충돌했습니다. 쉽사리 결정을 내릴 수 없었습니다. 저는 고민의 시간을 벌기 위해 또다시 하나의 선택을 했습니다. 그것은 군입대였습니다. 2003년 6월, 여름. 저는 논산으로 가는 입영열차에 올랐습니다.

003

몬스터 대학교

애니메이션 학과를 간다는 것

군생활을 하는 동안에도 기회가 생길 때마다 '애니메이션을 해볼까' 하는 것이 최대의 고민이었습니다. 그럼에도 결론은 나지 않았습니다. 그렇게 2005년 여름이 되었고, 저는 다시 사회로 돌아왔습니다. 그리고 자연스럽게 수능 공부를 시작했습니다. 그러나 그것도 그리 오래가지 않았습니다. 머리 속에 애니메이션이 계속 맴돌았습니다. 저는 그제서야 수능 공부를 멈추고, 애니메이션을 해야겠다는 다짐을 하기에 이르렀습니다. 이렇게 오랜 시간 사라지지 않고 저를 괴롭힌다는 것은 반드시 해야 하는 일이라는 것. 그래야 후회가 없을 것이라는 것. 확신이 들었습니다. 자, 이제 애니메이션을 배우려면 어떻게 해야 할까? 그 시절 제가 생각했고 조사했던 방법은 크게 세 가지입니다.

1. 학교에 간다.
2. 회사에 간다.
3. 혼자서 한다.

우선은 3번, 혼자서 한다를 실행에 옮겼습니다. 그러나 책상에 앉는 순간 저는 멍해졌습니다. 그림을 그릴 줄 몰랐기 때문입니다. 애니메이션을 좋아했지만 그림을 그려본 적도, 생각해 본 적도 없었던 저는 정말 멍청했거나 순진했거나 둘 중 하나일 것입니다.

다음 선택은 1번이었습니다. 나만의 작품을 만들고 싶은 강렬한 열망으로 2번은 선택지에서 사라졌습니다. 1번이 저에게 가장 알맞은 선택이었습니다. 그럼 여기서 또 하나의 질문이 생깁니다.

"어느 학교를 갈 거야?"

이 질문의 답은 가장 가깝고 쉬운 곳에 있었습니다. 그것은 제가 그 동안 봐온 수많은 단편 애니메이션 속에 있었습니다. 엔딩 크레디트에 나오는 학교 이름들이 바로 그것입니다. 좋게 보았던 작품들을 떠올리고 그 작품을 만들었던 학교들을 떠올리면 그것이 바로 정답이었습니다. 그 시절, 제 취향은 세 군데로 좁혀졌습니다.

1. 한국영화아카데미
2. 한국예술종합학교
3. 계원조형예술대학

당시, 가장 좋은 작품을 만드는 곳은 분명 한국영화아카데미(이하 KAFA)였고, 그 다음이 한국종합예술학교(이하 한예종). 그리고 마지막으로 계원조형예술대학 (이하 계원)의 작품들이었습니다. 그러나 KAFA의 입시요강은 자신이 만든 애니메이션 포트폴리오가 반드시 있어야 했습니다. 아무것도 없던 당시의 저는 입시 원서조차 넣을 수 없었죠. 저는 자연스럽게 한예종을 선택할 수밖에 없었습니다. 4년

제. 긴 시간 동안 작품을 할 수 있는 시간. 국립대. 저렴한 등록금. 나만의 그림을 그릴 수 있는 입시시험.

　당시, 한예종을 가기 위해서는 학원을 다녀야 했습니다. 한예종 애니메이션과의 90퍼센트 이상은 학원을 통해 입학했기 때문이죠. 저는 홍대 학원가를 돌기 시작했습니다. 모두 저를 정신 나간 사람으로 쳐다보았습니다. 그림에 대해 아무것도 모르는 사람이 느닷없이 한예종에 갈 거니까 그림 가르쳐 달라고 하니 어찌 정상적인 사람으로 보겠습니까?

한 달 65만 원 x 24개월 + 생활비 = 약 2천 만 원

　당시, 대부분 학원의 한달 금액은 65만 원이었습니다. 그림을 그려본 적 없는 저는 최소한 2년을 배워야 할 것이라 판단했고, 거기에 기본 생활비를 포함한다면 약 2천 만원의 금액이 있어야 했습니다. 대학교 애니메이션학과에 진학하고 싶다면, 아니 그들과 대학 입시 시험을 동등한 위치에서 치를 수 있는 수준에 도달하기 위해서 2천만 원이 필요한 것이죠. 헛웃음이 쉴새 없이 나왔던 것이 기억납니다.

　그 당시, 저는 2천만 원은커녕 20만 원도 없었습니다. 그렇다고 해서 부모님께 손을 벌릴 수도 없었습니다. 생전 그림에 관심이 없던 스물네 살 아들이 그림 그린다고 2천만 원을 투자해 달라고 한들, 어느 부모가 여기 있다고, 열심히 하라고 하겠습니까. 저는 스스로 해결해야 했습니다.

"1년 동안 돈을 모으자."
"앞으로 1년 동안 개처럼 일해서 돈을 모으고, 2년을 그림에만 몰두하자."

그 당시, 스물네 살의 저는 하루에 아르바이트를 2개씩 했고, 남는 시간에는 그림을 그리기 시작했습니다. 현실적으로 그릴 수 있는 그림의 대부분은 크로키였습니다. '우리만화연대'의 누드 크로키와 자유 크로키를 시작으로 그림을 그리기 시작했습니다. 한예종 입학시험이 어떻게 진행되는지 궁금해서, 경험 차 입시시험을 치러보기도 했습니다. 여건상 할 수 있는 모든 것을 하려고 했습니다. 그렇게 꼬박 1년을 일하고 틈틈이 그림을 그리며, 최소한의 돈을 쓰며 살았습니다. 2006년 12월. 제 통장엔 2천만 원이 찍혀 있었습니다. 그리고 저는 스물다섯 살이 되었습니다.

저는 홍대에 한국미술교육원이란 미술학원에서 2년간 있었습니다. 그곳에는 박용제 감독이 있었고, 그것은 큰 행운이었다고 생각합니다. 제 첫 번째 선생님으로 거의 완벽했습니다. 그림 실력은 기본이거니와 그림을 그리는 자세와 마음가짐을 알려 주었죠. 지금 생각해 보면 첫 단추가 잘 꿰어졌기에 지금의 제가 있다고 굳게 믿고 있습니다.

고등학생들과 이십대 초반 재수생들 사이에서 초보 중 왕초보였던 저의 모습. 학원가의 나이 많은 아저씨인 저는 그들에게 뒤쳐지기 싫어 정말 열심히 그림을 그렸습니다. 저를 때려 죽인다 해도 또다시 그것보다 더 열심히 할 수는 없습니다. 이틀에 한 번 잠을 자며 정말 미친 듯이 그림을 그렸습니다. 하지만 그에 비해 실력이 크게 늘지는 않았습니다. 저는 그야말로 재능 없는 사람이었습니다. 타인보다 몇 배의 순수한 노력이 있어야만 살아남을 수 있는 사람이었습니다. 매우 천천히, 느리게 실력은 늘기 시작했습니다. 처음 1년은 당연히 그들을 따라잡을 수 없었습니다. 꼴랑 1년 그림을 그린 제가 그들을 제칠 수 있을 것이란 기대는 애초에 하지 않았습니다. 제 목표는 2년차였고, 그 목표를 향해 달렸습니다. 그리고 2년 차가 되어서야 그들과 경쟁할 수 있는 실력을 갖출 수 있었습니다. 그 성취감에 행복했습니다. 그럼에도 결국 결과는 실패였습니다. 3년간 3번의 시험을 치르는 동안 단 한 번도 1차에 합격하지 못했습니다. 참담한 성적표를 받아들여야 했습니다. 제 실력이 그 정도는 아닐 것이란 현실 부정적인 생각도 그리 오래가지 않았습니다. '아~ 나의 인생에 대학교는 없나보다' 하는 아쉬움보다, 그들에게서 들려오는 환청이 저를 괴롭게 했습니다.

"너는 애니메이션을 만들 기본 실력조차 없어."

물론, 6시간 동안 4절 칸 만화 1장으로 애니메이션을 만들 수 있는 능력을 평가한다는 것 자체가 웃긴 일입니다. 정말 형편없는 입시제도라고 생각합니다. 애니메이션을 만드는 능력은 분명 그것에 있지 않습니다. 하지만 당시 저는 그런 생각을 할 수 있는 소양을 갖추지 못했습니다. 그저 자책하는 일 밖에는 할 수 있는 일이 없었습니다. 그렇게 애니메이션학과를 가기 위한 도전이 막을 내리려는 무렵이었습니다. 2008년이 지나가고 있었습니다. 2009년. 스물일곱 살의 저는 다시 제자리로 돌아왔습니다. 스무 살의 그날로 다시 되돌아와 있었습니다.

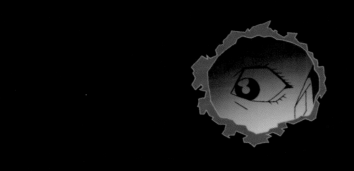

창백한 얼굴들

일기 1

2008
12.14

무엇을 하며 무엇을 위해 살아가야 할지 끊임없이 고민하던 그 시절을 생각합니다. 열아홉 살 소년이 가고자 했던 국문학과 진학에 실패를 맛본 뒤 방황하던 2002년. 아이러니하게도 세상은 그 어느 때보다 활기로 넘쳐 났었죠. 착잡한 마음으로 서울을 이리저리 돌아다니며 지나다니는 사람들을 멍하니 구경하고, 산에 올라가 도시를 멍하니 지켜보던 그때, 제가 남산을 가지 않았다면 분명 지금의 저는 없었을 것입니다. 제가 처음으로 단편 애니메이션이란 세계의 문을 연 것은 그야말로 단순한 우연에 불과한 아주 작은 것이었으나, 그 첫 느낌은 지금껏 살아오면서 경험한 가장 강렬하고, 아름답고, 경이로운, 아주 거대한 것이었습니다.

　제가 하고 싶은 일을 할 수 있는 환경이 만들어지기까지 4년에 가까운 시간이 필요했고, 그 시간을 지나서야 비로소 하고 싶은 일을 시작할 수 있게 되었습니다. 그렇게 계획한 3년의 시간이 올해로 끝이 났습니다. 군대를 전역하고 처음 그림을 그리기 시작했던 스물네 살. 연필 하나조차, 라인 하나조차 제대로 긋지 못했던 시작점의 그림들을 먼지 쌓인 종이박스에서 꺼내 보았습니다. 그때의 막막한 그림과 지금의 그림을 비교해 보면 제가 봐도 신기할 정도로 발전했다는 것을 한눈에 알 수 있습니다. 성취감이 느껴졌습니다. 물론 열아홉, 스무 살보다 느리게 성장했겠지만, 스물여섯 살의 저 또한 꾸준히 성장해 왔음을 결과물들이 보여주고 있었습니다.

3년간 3번의 시험, 단 한 번도 1차조차 합격하지 못한 너무도 초라한 성적표. 그러나 그것은 가슴이 따끔한 아쉬움이지 좌절 따위의 것은 아닙니다. 저는 느리지만 꾸준히 노력했습니다. 그것에 대해선 그 누구보다 당당합니다. 노력하지 않은 자들이 합격을 얻어낼 수 있다 하더라도 그 자들은 그 어떤 기회가 주어질지라도 열심히 하지 않을 것임을 압니다. 그렇기에 저는 소리 소문 없이 사라질 존재들에게 부러움조차 느끼지 않습니다. 그저 제가 따끔한 건 좀 더 시험장에서 침착했더라면 하는 아쉬움. 열아홉 살 수능시험장에서도 느꼈고, 지난 3번의 시험에서도 느꼈지만 여전히 할 수 없기에 더욱 가슴이 따끔한 그것. 그것 하나 뿐입니다.

그림을 그리는 3년 동안 분명한 건 즐거움보다 괴로움이 더 많았다는 것입니다. 하지만 괴로움을 이겨냈을 때의 즐거움. 그리지 못했던 것을 그릴 수 있게 되었을 때의 즐거움이 저를 계속 이곳에 있게 했습니다. 그것은 학교를 다니느냐 다니지 않느냐의 문제가 아닙니다. 방법은 하나밖에 없고 누구나 그 과정을 거칩니다. 저는 그것을 압니다. 그렇기에 이제 누가 옆에서 말하지 않아도 스스로 해나갈 수 있는 기반이 지난 3년간 마련되었다고 생각합니다. 비록 가고 싶은 학교에 가서 하고 싶은 것을 마음껏 하지는 못하게 되었지만, 저는 이리저리 돌아가더라도 제 나이가 더 이상 꿈을 좇을 수 없는 나이가 될 때까지 계속 붙잡으며 결과물들을 만들어 내고 싶습니다. 네, 어디에서 그 무엇을 할지라도 저는 또다시 꾸준히 해나갈 것입니다.

005

일기 2

2 0 0 9 01.12 지난 토요일은 무척이나 추웠습니다. 올 겨울 들어 처음 목도리까지 둘러멨으니 말입니다. 새벽 공기의 찬 냄새에 소주를 마신 것처럼 머리가 시큰 아팠습니다. 그 띵한 머리로 안산행 지하철을 탔습니다. 주말 새벽의 지하철은 탈모가 진행 중인 위층 할아버지처럼 몇몇이 꾸벅꾸벅 졸기만 할 뿐 조용했습니다. 너무 조용해서 갈아타는 역을 지나쳐 버릴 정도였습니다. 안산 중앙역에 도착해서야 북적대는 사람들을 만났고 또 그만큼 북적대는 학교 버스를 타고 시험장으로 갔습니다. 서울예대 문창과 1차 실기시험장은 창밖과 똑같이 추웠습니다. 열아홉 살 때의 그날도 그랬던 기억이 납니다. 온풍기도 난로도 없었죠. 손이 얼어있는 채로 시험 주제를 받았습니다. 네, 모두가 그렇게 시린 손으로 글을 썼을 겁니다.

소설 주제는 보지도 않았습니다. 쓴 글을 적어도 수십 번은 고쳐야 마음이 편한 저로서는 그 짧은 시간에 산문을 쓰는 건 불가능하다고 이미 오래 전부터 생각해 왔기 때문입니다. 그래도 시는 열아홉 살 이래로 꾸준히 써왔기에 저는 시를 선택했습니다. 시 주제는 '숨은 그림 찾기'였습니다. 저는 '숨은 그림 찾기'란 곧 무언가를 찾는다는 것이고, 무언가를 찾는다는 것은 무엇을 잃어버렸기 때문이고, 잃어버린 것을 찾는다는 것은 그만큼 다시 찾고 싶을 정도로 소중한 것이란 생각이 들었습니다. 내가 잃어버린, 그럼에도 다시 찾고 싶은 소중한 것은 무엇일까 생각했습니다. 생각은 그리 길지 않았습니다. 학창 시절의 '사랑'을 떠올렸습니다. 고등학교 이후로 '사람'을 열정적으로 좋아할 수 없었던 현실이 있었습니다. 저에게 다시 찾고 싶을 정도로 소중한 것은 열아홉 살 이전의 제 행복한 얼굴이었고, 사람에 대한 따뜻한 감정이었습니다.

시간은 1시간 30분, 남은 시간은 1시간 20분. 이렇게 짧은 시간에 감정을 잡는 것은 무척이나 힘든 일이었습니다. 아니, 그건 참 잔인한 일이었습니다. 1시간이 조금 넘는 시간에 자신을 표현할 시를 쓰라는 것은 100퍼센트 불가능한 일이라고 저는 지금도 생각합니다. 시험을 위한 시를 쓰는 건 가식으로 두텁게 화장한 배우의 연기와도 같은 것이라 생각합니다. 저는 최대한 진실되게 쓰려고 노력했습니다. 물론 드문드문 묻어 나온 가식이 저를 부끄럽게 했지만, 시험이라는 특수한 상황이었기에 저를 달래고 달래며 시험을 마쳤습니다.

깨끗하다. 종이 울리고 짐을 챙기며 든 생각은 이것 하나였습니다. 지난 3년간 한예종 애니메이션학과 시험을 마치고 느꼈던, 그 더럽고 찝찝한 기분은 없었습니다. 그건 시험을 잘 보고 못 보고의 차원이 아니라, 내가 표현하고 싶은 것을 현재의 내 수준에서 그럭저럭 표현해 냈다는 편안함이었습니다. 네, 3년을 긴장감 속에 시험만 준비한 시간과, 7년간 아무런 강박감 없이 쓰고 싶은 것을 쓰며 보내온 시간과의 차이는 너무도 큰 것이었습니다. 올해 입시, 아니 이제 이것으로 제 인생 마지막인 대학 입시는 깨끗이 끝났습니다. 합격 불합격을 떠나 이것으로 만족합니다. 합격을 한다면 합격대로 계획한 길을 갈 것이고, 불합격한다면 불합격대로 계획한 길을 갈 것이기 때문입니다. 그 어떤 것도 나쁘지 않습니다. 아직까진 하고 싶은 일을 하면서 살고 있습니다. 제가 두려운 것은 하고 싶지 않은 일을 어쩔 수 없이 하며 살게 될 날들, 그날들의 괴로움 뿐입니다.

누나가 준 몇 장의 백화점 상품권으로 언니네 이발관의 〈가장 보통의 존재〉와 이소라의 〈눈썹달〉 앨범을 사들고 집으로 돌아왔습니다. 샤워를 하고 밥을 먹으니 피로가 갑자기 몰려왔습니다. 그렇게 쓰러졌다 일어나 시계를 보니 저녁 11시였습니다. 부모님께 서울예대에 합격한다면 학교를 다닐 것이고, 떨어진다면 한국영화아카데미를 준비, 만약 그것마저 안 된다면 공무원 시험을 보겠다고 일방적으로 통보했습니다. 부모님의 표정은 두 번째까지 찡그려졌고, 세 번째에서 웃었습니다. 그래서 저는 더욱 가슴이 아팠습니다.

저는 제 방에 들어와 오늘 산 앨범들의 비닐을 뜯었습니다. 닫힌 문을 뚫고 들어오는 누나의 행복한 목소리는 검찰청 실습의 일화를 이야기하고 있었고, 그와 함께 술 취한 아버지는 내가 왜 사는지 모르겠다, 억지로 살고 있다, 한숨을 이야기하고 있었고, 어머니는 말이 없으셨습니다. 저는 언니네 이발관의 〈가장 보통의 존재〉를 플레이어에 넣고 헤드폰을 머리에 끼워 맞췄습니다. 열아홉 살까지 전 제가 특별한 사람이라고 생각했고, 또 저는 그에 걸맞게 제가 좋아하는 일에선 주위에 있는 누구보다 뛰어났습니다. 하지만 그렇게 1년, 2년이 지나고 그 시간 속에서 서서히 녹아 없어져 버린 그 특별함은, 이제 김빠진 콜라처럼 의미 없는 것이 되어 버렸습니다. 네, 저는 이제 하고 싶은 일도 제대로 해내지 못하며 괴로워하는 그저 평범한 스물일곱 살. 옆집 철수도 아랫집 영철이도 윗집 민수도 모두 똑같이 미래에 대한 불안감으로 하루하루를 보내는, 20대 후반으로 가는 길목에 있는 청년. 그야말로 이 세상의 '가장 보통의 존재'가 되어 있었습니다.

다음날 늦은 아침, 잠에서 깨고 나니 누나는 다시 인천 검찰청으로 갔고, 부모님은 27년 전과 같이 일을 나가셨습니다. 저는 책상에 앉아 이청준의 단편 〈병신과 머저리〉를 읽었습니다. 다시 새로운 하루가 시작되면 모두 또 그렇게 아무 일도 없었던 것처럼 반복되는 일상으로 돌아갑니다. 추운 겨울이 가고 따뜻한 봄이 오는 것처럼 말이죠. 그 언젠가 봄은 또 올 겁니다. 어느덧 스물일곱 살이 된 저는 또 한 번 봄을 기다립니다. 그저 열심히 살아왔고 열심히 살아갈 이 땅의 평범한 스물일곱 살. 그 누구에게도 뒤지지 않는 평범한 존재. 그 이상 이하도 아닌 보통의 존재. 가장 보통의 존재로서 말입니다. 네, 저는 이 세상의 가장 보통의 존재. 스물일곱 살, 허범욱입니다.

안개 속의 풍경

대한민국에서 대학교를 가지 않고 애니메이션을 만든다는 것

애니메이션을 그만두더라도 그들의 외침과도 같은 "너는 애니메이션을 만들 기본 실력조차 없어" 를 깨뜨리고 싶었습니다. 그래서 어떻게든 스스로 애니메이션을 만들 수 있다는 능력을 그들에게 보여주고 싶었습니다. 어쩔 수 없이 애니메이션을 그만두게 되더라도 한 작품 정도는 만들어 보고 그만두어야겠다는 의지가 불타올랐습니다. '애니메이션=대학교 애니메이션 학과'가 절대 아니기 때문입니다.

정규 교육을 받을 수 없는 상황. 그 상황에서 애니메이션을 만드는 기술적인 도움을 받기 위해 제가 현실적으로 갈 수 있는 유일한 곳은 한겨레 신문사에서 운영하는 문화센터의 '애니메이션 제작학교' 밖엔 없었습니다. 하지만 한겨레 문화센터의 애니메이션 제작학교는 지원자가 없다는 이유로 오랫동안 개설되지 않고 휴강 중이었습니다. 저는 끊임없이 전화를 해대며 빨리 만들어 달라고 독촉하기에 이르렀습니다.

운이 좋았습니다. 무슨 기적이 일어났는지 급히 개설된 애니메이션 제작학교 26기에 14명이 몰렸고, 저는 예상보다 빠르게 첫 작품을 만들 수 있는 공간으로 들어갈 수 있게 되었습니다. 그리고 그곳에 2명의 선생님이 있었습니다.

연상호 – 장형윤

두 감독님들과 한겨레 문화센터의 도움으로 저는 생애 첫 번째 애니메이션을 만들 수 있었습니다. 당시 저에겐 애니메이션을 만들 수 있는 컴퓨터조차 없었습니다. 다행히 한겨레 문화센터가 집에서 10분 거리에 있었기에 그곳 작업실을 마치 개인 작업실처럼 이용할 수 있었습니다. 작업은 두 감독님들의 조언대로 디지털 컷아웃 방식으로 잡았습니다. 애니메이션 작화를 해본 적이 없는 저에게 3개월이란 짧은 시간에 퀄리티 있는 단편 애니메이션을 만들어 내야 한다는 것은 불가능에 가까웠습니다. 연습만으로도 부족한 시간이었습니다.

본격적인 작업은 바로 시작되었습니다. 시나리오와 각종 설정들이 모두 있었기 때문입니다. 만들고 싶은 이야기를 만들어 내기만 하면 되는 상황이었습니다. 작업은 재미를 넘어 황홀했습니다. 너무도 행복했습니다. 캐릭터들이 살아 움직이는 벅찬 감동이 하루하루를 살아가는 이유가 되었습니다. 이 순간을 위해 내가 그동안 그렇게 많은 그림들을 그려왔구나. 안개 속에 가려져 있던 풍경이 서서히 모습을 드러내기 시작했습니다. 그토록 답답했던 시야가 말끔해지는 느낌이랄까. 그렇게 저는 3개월에 걸쳐 7분짜리 단편 애니메이션 하나를 만들었습니다. 제 첫 작품 〈평범한 식사〉는 그렇게 만들어졌습니다.

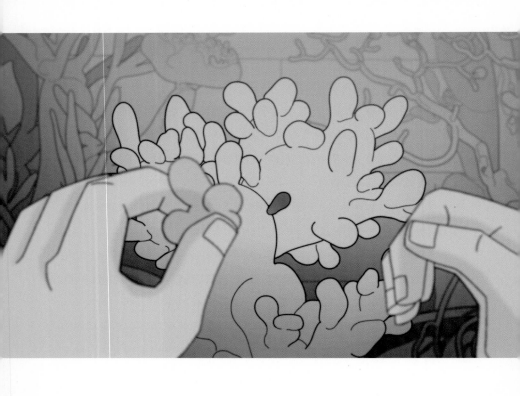

창백한 얼굴들

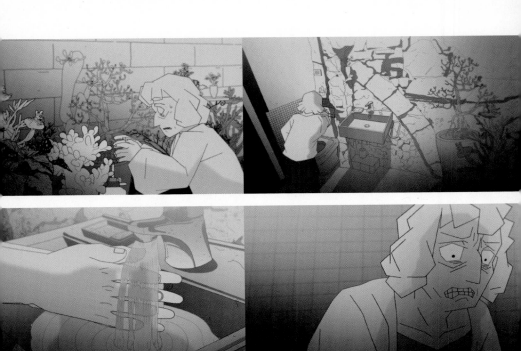

창백한 얼굴들

창백한 얼굴들

007

일기 3

2 0 0 9
0 2 . 1 9

창밖에는 좁쌀 같은 눈이 싸락싸락 내리고 있습니다. 아직도 찬 바람이 부는 겨울이네요. 새로운 공간에서 새로운 마음가짐으로 깊게 숨을 내쉬면, 금세 맑은 봄 같은 날이 찾아오길 바랐는데 말입니다. 여전히 찬 공기가 가슴속에 가득합니다. 꾹 눌러 담고 있던 답답한 마음도 여전히 변함이 없죠. 그렇게 2월 19일이 왔습니다. 그저 멀게만 느껴지던 시간 앞에서, 저는 언제나 꾸준함이 만들어 내는 속도에 흠칫 놀라곤 합니다.

오늘은 저의 애니메이션 여정의 종착역이 될 수도 있는 한겨레 애니메이션 제작학교 첫 수업이 있는 날이었습니다. 5명도 채 되지 않을 것이라 예상했지만, 14명 넘게 북적북적했죠. 작은 교실에서 컴퓨터 모니터를 멀뚱멀뚱 쳐다보며, 14명 중 첫 번째로 자기소개를 할 때. 글쎄요. 그렇게 소개하고 싶은 단어들이나 기억들이 저에겐 없다는 것을 느꼈습니다. 어린 시절 태권도 국가대표를 꿈꾸었고, 고등학생이 되어선 소설가, 시인을 꿈꾸었지만, 원하는 대학교에 떨어진 후, 우연한 기회에 단편 애니메이션을 보고 반해 군대를 제대하고 3년 동안 그림을 그린 것. 제 스물일곱 살 인생은 이렇게 짧게 정리가 가능한 아주 간단한 삶이었습니다.

오늘, 떠오르지 않는 단어들로 조금은 의기소침했습니다. 타인들처럼 사회에 뛰어들어 산전수전 지나온 삶이, 그 시간의 저에겐 참으로 부러운 것이었습니다.

한순간의 선택입니다. 스무 살의 제가 계속 글을 쓰며, 대학교에 진학하고, 훗날 취직을 해서 직장생활을 어느 정도 했다고 생각되는 30대 초중반의 나이가 되었을 때, 그때 애니메이션을 했어도 되는 것이었습니다. 그렇게 하면 저는 그 잘난 대학교 졸업장을 토대로, 그 잘난 밥벌이라도 하고 있을 것입니다. 네, 이 모든 건 아마도 아침식사 때 어머니의 얼굴을 유심히 쳐다 보고 불현듯 떠오른 '어머니도 이제 많이 늙으셨구나'라는 생각 때문인지도 모르겠습니다. 밥벌이의 지겨움을 알지 못하는 저는, 그저 베짱이처럼 밥만 퍼먹을 뿐인 현실. 이 초라한 현실은 무척이나 고통스러운 것이었습니다.

12월 1일 이후로 그림다운 그림을 그린 지도 벌써 2달이 조금 넘었습니다. 그동안 했던 것은 수요일 크로키와, 1달 동안 실제 작업시간 10시간 동안 그린 허전한 일러스트 한 장 밖에 없었습니다. 이제 이렇게 여유로운 시간들도 이번 주로 끝나겠지요. 다시 바쁘게 손과 머리를 굴려야 하는 시간들이 찾아오려 하고 있습니다. 어쩌면 마지막 기회가 될지도 모르는 이 시간이 흥분되기도 하고, 두렵기도 합니다. 하지만 언제나 그래왔듯 최선을 다할 것임은 확실하겠죠. 그것 하나로 지금이 자리까지 왔습니다. 노력의 대가가 손에서 흘러내렸을 때의 기분은 무척이나 더럽지만, 노력하지 않았을 때 당연히 따라오는 추잡함보단 아름다운 고통입니다. 그래도 아직까지 저에겐 하고 싶은 이야기가 남아 있고, 저는 그것을 만들 기회가 있습니다. 소중한 시간들이 될 것입니다. 다시 천천히 되감아 갑니다. 시작 버튼이 눈 앞에 있습니다.

008

일기 4

2 0 0 9
0 4 . 2 5

이번 주부터 이상하게 먹고 사는 문제에 대해 심각한 고민을 하고 있습니다. 첫 애니메이션을 만드는 지금 이 시간이 무척 행복하지만, 그 이면에는 현실적인 문제가 저를 잡아먹을 듯 노려보고 있습니다. 아마 부모님이 하시는 일에 하나둘씩 중대한 문제가 생기는 것이 원인인 것 같습니다. 이제 즐거운 꿈을 품던 시절은 멀어져 가는 것일까요? 꿈과 현실이 혼동되는 것 같아 무서움마저 느낍니다. 분명, 그 둘은 극과 극에 있는데 말이죠. 어느덧 현실은 코 앞까지, 너무도 가까이 와있습니다.

하고 싶은 일을 위해 달려온 시간들이 비록 실패와 좌절의 연속이었지만, 단 한 번도 불행하다는 생각을 해본 적은 없습니다. 하고 싶은 일을 하기까지 많은 환경적, 경제적 상황을 이겨 왔고, 할 수 있는 기회가 왔을 때, 최선을 다했습니다. 그럼에도 '너는 안 된다'면 저는 안 되는 것일 테지요. 그래서 저는 애니메이션을 만들고 있습니다. 스물네 살부터 시작된 이 길이 단순히 '한예종 입시'만으로 끝나기에는 너무 억울하고, 마음속에 남는 찌꺼기가 너무 많기 때문이죠. '한예종 입시 = 애니메이션'이 아니라는, 그 누가 뭐라 해도 이건 아니라는 확신이 있었기 때문입니다. 지난 3년간, 단 한 번도 1차조차 합격하지 못한 제가, 그들의 암묵적인 말처럼 '너는 애니메이션을 만들 수 없다'를 반박하는 차원에서라도 저는 애니메이션을 만들어야 했습니다. 그리고 오늘, 저는 그것에 대한 대답을 확실히 말할 수 있습니다. 저는 애니메이션을 만들 수 있습니다. 당신들이 선택한 그 어떤 이들보다 더 잘 해낼 수 있습니다. 당신들이 선택한 이들이 보여 줬던 4년 앞에서 제 2개월이 비록 남루하겠지만, 저는 당신들의 선택이 틀렸다는 사실을 말하겠습니다. 네, 저는 단 한치도 저의 2개월이 부끄럽지 않습니다. 저의 7분이 부끄럽지 않습니다. 저는 다시 한 번 말하겠습니다. 저는 애니메이션을 만들 수 있습니다.

차라리 제 실력이 미치지 못해 깨끗이 이 길을 포기할 수 있었다면 조금 편했을지도 모르겠습니다. 나이는 점점 경제적 상황을 무시할 수 없는 숫자로 가고 있고, 이 나라에서 살아가기 위해 필요한 증명서도 없기에 저를 필요로 하는 곳도 없고, 그렇다고 저를 가르치고자 하는 곳 또한 없으니, 이보다 포기하기 쉬운 상황은 없을 겁니다. 네, 저에게는 마지막 한 가지가 필요했습니다. 그건 저 스스로 할 수 없다는 것을 알아채는 것이었습니다. 그렇다면 지금처럼 복잡하게 꿈과 현실을 혼동하지 않아도 될 것입니다. 그렇기에 그들 못지않게 잘할 수 있다는 확신은 저를 더욱 우울하게 합니다. 오늘, 한국영화아카데미 입시 설명회를 듣고, 그곳을 둘러보며 또다시 느낀 이 쓰라린 우울함은, 이 길의 마지막이 될 수 있는 이 입시에서도 저들보다 잘할 수 있다는 확신을 얻었기 때문입니다. 비록 비싼 등록금을 쏟아부은 대학 졸업장도 없고, 그렇다고 경력이 있는 것도 아니고, 나이가 어린 것도 아니지만, 저들보다 잘할 수 있다는 느낌이 밖에 내리는 비처럼 차갑게 제 가슴을 쓸어내렸습니다.

지금의, 아니 그 이전의 저는 당시의 제가 만들어 낼 수 있는 최상의 결과물을 위해 최선을 다했습니다. 그런 제 결과물들에 모두 예외 없이 노(No)를 외친다면 저로서는 더 이상 할 수 있는 것이 없습니다. 모든 것을 인정하고 다시 새로운 길을 찾아가야겠죠. 품고 있던 꿈을 놓치지 않으려 안간힘을 쓰는 것에 지쳐가는 어느

창백한 얼굴들

순간이 오면, 저는 분명 현실적인 인간이 될 것이고, 그 어떤 이야기도 그 어떤 이미지도 떠오르지 않게 되겠죠. 그럼 자연스럽게 모든 것이 최악이라 할지라도 해결될 것입니다. 네, 그렇게 되지 않길 그 누구보다 바라고 있습니다. 저는 아직 힘들지만 꿈을 꿉니다. 눈앞에 있는 또렷한 현실 앞에서 꿈을 꿉니다. 마지막 꿈을 꾸고 있습니다.

일기 5

**2009
05.18** 생애 첫 애니메이션 작업이 끝났습니다. 최종 완성 DV 테이프를 바라보며, 빠르게 흘러간 시간을 되돌아 보니 '내가 할 수 있을까'로 시작한 물음이 어느덧 '나도 할 수 있다'로 바뀌어 있음에, 그 어떤 것보다 깊은 성취감을 느낍니다. 그렇기에 저는 자연스럽게 2003년 6월 26일과, 2005년 7월 4일을 떠올립니다. 육군 훈련소로 가는 입영열차 안에서부터, 전역 신고를 마치고 집으로 돌아오는 지하철 안에서까지, 그 2년이 넘는 시간 동안 끝없이 고민했고, 그 이후로도 몇 개월을 더 고민했던 이 길의 선택은, 결과적으로 2002년 NFBC 특별전으로부터 7년여의 길고 긴 시간을 지나, 스물일곱 살이 되어, 7분의 첫 결과물로 제 앞에 놓여 있습니다. 그리고 이제, 선택의 갈림길에서 그만두어야 할 현실적 상황과 나이가 되었음에도 포기할 수 없었던 그 이유가 이 속에 있었음을 새삼스레 다시 깨닫습니다. 계속된 입시 실패로 점점 스스로 무엇을 하려 했는지, 왜 이 길을 선택하게 되었는지 까맣게 잊어가던 그 고통이 있었습니다. 3년 전 첫 연필을 잡던, 그 시작의 감정들을 다시 또렷하게 떠올립니다. 그것은 애니메이션이야말로 나에게 딱 들어맞는 매체일 것이라는 가설이었죠. 그리고 지금, 수없이 닳아 없어진 연필도, 볼펜도, 물감도 주지 못했던 그 해답이, 이 어두운 구석까지 몰리고 몰려 더 이상 피할 곳 없는 지금에서야 제 앞에 나타나 있습니다.

그렇기에 기쁘고, 그렇기에 슬픕니다. 7년 전 시와 소설이 나에게 가장 잘 맞는 매체라고 생각했던 스무 살의 한 청년에게 찾아온 새로운 충격이 '진실'이었다는 것. 제 선택이 틀리지 않았다는 것이 기쁘고, 아무것도 이루거나 얻은 것 없이, 텅 빈 채로 스물일곱 살이 되어서야 그것에 대한 확답을 받았다는 잔인한 현실이 슬픕니다. 가족 친지들이 바라보는 '스물일곱 살 먹도록 대학도 못 가는 백수가 애니메이션인지 뭔지 쓸데없는 짓을 하느라 인생낭비를 하는구나'라는 편견은 여전히 변하지 않을 것입니다. 그 누구도 지지해 주지 않고, 그 누구도 저의 노력들을 인정해 주지 않는 이 상황 속에서 그래도 한 가지 믿고 있는 것은 '하고 싶은 일을 하면서 살고 있다'는 작은 행복뿐입니다. 그것 외에 이제 그 어떤 것도 남아 있지 않습니다.

그런 저에게 시간이 언제까지 주어질지는 잘 모르겠습니다. 스스로 더 이상할 수 없다고 판단되는 순간까지 계속 붙잡고 싶지만, 아마도 먹고 사는 문제가 심각해지는 30세 이후의 미래는 쉽게 상상할 수 없습니다. 스무 살 때 세웠던 10년 계획이 최악의 상황으로 치닫고 있으니 말입니다. 어쩌면 지금 이 순간이 시작일 수도 혹은 끝일 수도 있습니다. 저는 그저 계획대로 나아갈 뿐입니다. 지난 3개월 동안 심하게 망가진 몸을 다시 추스릅니다. 아직 할 일이 많습니다.

창백한 얼굴들

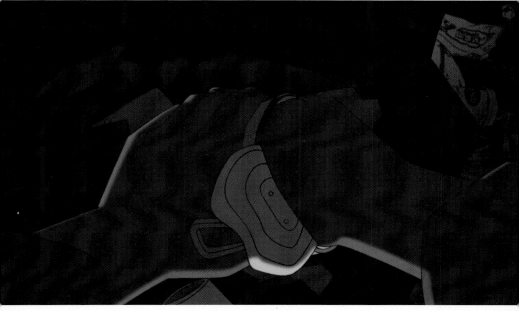

창백한 얼굴들

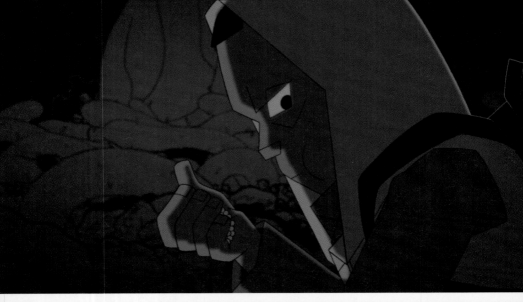

창백한 얼굴들

B

한국영화아카데미 27기

애니메이션 연출 전공

001

하나 그리고 둘

한국영화아카데미 정규교육 과정

첫 작품 〈평범한 식사〉를 포트폴리오 삼아 한국영화아카데미 애니메이션 연출전
공 27기에 지원했습니다. 전혀 기대를 하지 않았습니다. 마음 속 90퍼센트가 이미
애니메이션을 그만두어야 할지도 모른다로 가고 있었습니다. 그것은 감정적인 것
이 아닌 지극히 현실적인 것이었습니다. 그러나 신기하게도 1차 포트폴리오 심사
에 합격하고, 2차 실기시험에 합격하고, 3차 면접시험을 보게 되었습니다. 면접시
험에서 저는 모든 것을 내려놓은, 금방이라도 자살할 것 같은 사람처럼 합격을 바
라지 않는 태도로 임했습니다. 그것은 저의 지나온 시간들이 준 결과였습니다. 욕
심이 없었습니다.

 "간절히 원한다고 해도 그것을 가질 수 없어요."
 "도대체 당신은 여기에 왜 왔나요?"
 "더 이상 갈 데가 없어서요."

 면접을 끝내고 저의 기억 속에 '애니메이션'과 '한국영화아카데미'는 잊혀져
있었습니다. 저는 새로운 마음으로 새로운 출발을 하기로 마음 먹었죠. 홀가분한

느낌이었습니다. 여기가 끝임을 직감하고 있었습니다. 하지만 또 무슨 세상의 장난인지 한국영화아카데미 27기 애니메이션 연출 전공에 합격했다는 통보를 받았습니다. 매우 어리둥절했습니다. 미친놈처럼 박박 기어가며 원하는 것을 얻으려고 했을 때는 절대로 잡을 수 없던 그것들. 모든 것을 내려놓은 지금, 세상은 저에게 하나의 '기회'를 주었습니다. 허탈했습니다. 그렇기에 입학하고 난 뒤 몇 달 동안은 적응이 되지 않았습니다. 내가 여기 있어야 하는 것이 맞는가? 의문이 들었습니다. 하지만 저에겐 하고 싶은 이야기가 있었고, 그것을 제대로 만들 수 있는 정신적, 물질적 지원이 100퍼센트 가능한 이 공간은 어쩌면 저에겐 너무나도 벅찬 것들이었습니다.

조득수 - 서혜승 - 이문주 - 김준양 - 김명종

저의 세 번째 애니메이션 선생님들의 도움으로 저는 15분짜리 단편 애니메이션 〈선량한 인간들의 도시〉를 완성할 수 있었습니다. 아쉬움은 없었습니다. 모든 것들이 제가 계획했던 흐름대로, 신기할 정도로 딱딱 들어맞으며 진행되었습니다. 제가 살아오면서 좋아했던 이미지들과 감정들을 모두 넣으려고 했습니다. 그것은 제 마음속에 '이 작품이 마지막이 될지도 모른다'는 생각이 항상 자리잡고 있었기 때문입니다. 최선을 다했습니다. 그리고 저는 어디 내놔도 부끄럽지 않은 작품을 만들었다고 자부합니다. 물론 세상의 평가는 다를지 모릅니다. 10개의 영화제에서 상영했지만, 우리가 흔히 말하는 큰 영화제에서는 단 한 번도 상영하지 못했습니다. 하지만 그것은 저에게 큰 의미가 없습니다. 스스로의 만족이 가장 첫 번째입니다. 그 외 사항들은 제가 원한다고 하여도 잡을 수 있는 것들이 아닙니다.

002

일기 6

2010
02.18
한때는 1년에 한두 번 친구들과 술잔을 마주할 때도 죄책감이
들었습니다. 제가 이 실력으로 지금 시간을 버리며 술을 먹어
도 되는 것인가 하고 말입니다. 의미 없는 시끌벅적한 대화와
술 냄새, 매캐한 담배연기. 내가 싫어하는 것들만 모여 있는 그 자리들은 언제나 제
게 죄책감을 주었습니다. 그리고 어제도 그런 자리가 있었습니다. 저는 피곤함을
느꼈습니다. 이제 실력에 대한 간절함은 없었습니다.

한국영화아카데미 입학식을 치렀습니다. 근 10년 만에 다시 학생 신분이 되었
습니다. 줄곧 희망했던 신분이지만, 멍했고, 피곤했습니다. 설렘도, 기대도, 긴장도,
이제 없다는 것을 느꼈습니다. 그저 저는 해야 할 일을 할 것이고, 그 외에는 아무것
도 바라지 않습니다. 8년여의 시간 동안 제가 힘들긴 많이 힘들었나 봅니다. 저는 단
순히 이 일을 계속 해야 하는지 확인할 수 있는 공간을 필요로 했는지도 모릅니다.
잃을 것이 없으니 두려움도 없습니다. 하지만 그렇다고 해서 과거처럼 모든 것을 쏟
아내지는 않을 것입니다. 이 일이 제 인생의 모든 것은 아닙니다. 잠을 며칠씩 이루
지 못하고 고민을 반복한다고 해도 저는 변하지 않을 것임을 압니다. 할 수 있는 실
력이 있다면 될 것이고, 그렇지 못하다면 안될 것입니다. 미련은 없습니다.

하지만 다시 이 생활이 시작되었다는 증거를 몸으로 느끼고 있습니다. 극심

한 불면증이 돌아왔습니다. 다시 한 번 스스로와 싸워야 한다는 것을 제 몸이 먼저 알아차리고 있는 듯합니다. 비록 그 어느 때보다 체력이 떨어져 있고, 유일한 해결책이었던 알약도 없지만, 저는 또다시 견뎌낼 것입니다. 네, 잘 견뎌낼 것입니다.

003

일기 7

2010
05.08

하고 싶은 일을 하고 있지만 마냥 즐겁지만은 않습니다. 스스로 발전이 없다고 느끼기 때문입니다. 슬슬 본 작업에 들어가니 피부에 와닿습니다. 표현하고 싶은 이미지들을 표현할 수 있는 능력이 여전히 부족합니다. 노력했으나 그리지 못했던 것을 여전히 그리지 못합니다. 한 달 노력하면 그릴 수 있을 때가 있었지만, 이제는 1년을 노력해도 그리지 못하는 것들이 수두룩합니다.

그리지 못했던 것을 그릴 수 있게 됐을 때 즐겁고 행복했던 그 느낌이 옛사랑처럼 흐릿합니다. 이걸 놓아야 할지 잡아야 할지 아리송하고, 그래도 무언가 할 수 있을 것 같지만, 결과물은 예전과 비슷합니다. 이젠 제 손에서 나온 이미지들이 좋은 건지 나쁜 건지 판단이 제대로 되지 않습니다. 아마도 이 작업이 끝나면 더 이상 연필도 붓도 잡기 싫어질 테죠. 그러지 않기 위해 한 신을 지금껏 한 번도 해보지 않은 방식으로 하려 합니다. 이것저것 재고 맞추지 않고, 감정적으로 추상적으로 하려 합니다. 물론 보는 사람들은 내용과 동떨어지게 느껴 의아해 할 수도 있습니다.

무척이나 개인적인 이유입니다. 그림 그리는 일은 저에게 매우 소중한 것 중 하나입니다. 한때는 사랑했던 사람과 맞바꾼 것이기도 했고, 한때는 살아가는 유일한 목적이기도 했습니다. 그림을 그리지 않았더라면 의욕 없는 생활을 죽을 때까지 이어갔을 것입니다. 계속 그림을 그리고 싶습니다. 즐겁게 그리고 싶습니다. 그렇기에 관객의 감정과 이해는 2차적인 문제로 생각하려 합니다. 그림 그리는 것의 즐거움을 옛사랑처럼 추억으로 만들고 싶진 않습니다. 제 능력이 부족하여 직업이 될 수 없다 하더라도 행복하게 줄곧 같이 하길 바랍니다. 그림을 그린다는 것만으로도 행복할 수 있길 바랍니다.

004

독립 애니메이션 협회 인터뷰

http://cafe.naver.com/kiafa/1783

〈선량한 인간들의 도시〉 허범욱 감독 스튜디오 탐방기

KIAFA 감독님 작품을 보면 꼭 문학작품 같다는 느낌이 많이 들어요. 여백이 있는 시 같은 느낌이랄까요?

허범욱 첫 작품은 아니지만, 제가 진짜 첫 작품처럼 생각하는 게 제가 살아왔던 모든 것을 다 넣으려고 했어요. 내가 보고, 느꼈고, 좋아했던 모든 것을 다 쏟아붓는 거죠. 제가 살아왔던 역사가 그냥 다 거기에 있어요. 외부 평가는 모르겠어요. 그래도 내부평가는 좋았어요. (웃음) 그래서 우수졸업도 했고, 계속 해도 되겠구나 하는 생각이 들었어요. 애니메이션 작업 계속 하려구요. 아직 하고 싶은 얘기가 더 있어요. 그 얘기 떨어질 때까지는 계속 애니메이션을 할 것 같아요. 근데 또 모르죠. 경제적인 문제가 어떻게 될지 모르니까. (웃음)

KIAFA 작품에 대한 이야기 부탁 드리고 싶은데, 우선 〈선량한 인간들의 도시〉에 등장하는 할머니가 굉장히 인상적이었어요. 할머니라는 등장인물에 대해 설명해 주실 수 있을까요?

허범욱 먼저, 그 할머니는 저 자신일 수도 있고요. 어릴 때 할머니랑 컸는데요. 할머니가 거의 엄마였어요. 엄마, 아빠가 퇴근하기 전까지는 할머니가 저를 봐주셨는데, 어쩌면 할머니가 엄마보다 더 대단한 존재였을지도 모르겠어요. 작품 속 할머니는 제가 느꼈던 친할머니의 모습이에요. 가정 안에서 어떤 사고가 일어나면 할머니는 할 수 있는 게 없어요. '왜 그러냐~' 하면 다들 '신경 쓰지 마세요' 라고 해요. 어떻게 보면 참 소외된 존재인 거죠. 하지만 손주들에게 할머니는 무조건적인 사랑을 베푸는 사람이거든요. 이 작품의 할머니는 그런 할머니예요. 저는 작품을 만들면서 만약 그런 할머니가 손주가 사라지면 어떤 마음으로 무슨 일을 할 수 있을 것인가에 대해 생각했어요. 할머니는 경찰서도 못 갈 것이고, 어디 하소연도 못 할 거예요. 그냥 손주의 학교에 간다거나, 손주가 갔을 법한 길을 가거나 하겠지요. 작품 속 할머니는 그렇게 힘이 없고, 할 수 있는 것이 없지만 손주에 대한 사랑만큼은 누구보다 크죠.

KIAFA 처음에 감독님과도 같다고 말씀하셨는데 그 의미는 무엇인가요?
허범욱 저도 그렇게 살았던 것 같아요. 전에는 항상 무언가를 하고자 했지만, 실패를 했고, 그냥 주위를 맴돌 수밖에 없었어요. 저는 중심에 있었던 적이 한 번도 없었어요. 노력해도 잡을 수 없는 게 있더라고요. 나를 작품에 비유하자면, 작품 속 손주는 '인생의 목적' 등을 의미해요. 제가 노력해도 잡을 수 없었던 상실감과 같다고 할 수 있죠. 할머니는 제가 스무 살 때, 가장 힘들 때 돌아가셨어요.

KIAFA 할머니가 도시락을 먹는 마지막 장면의 연출 의도는 무엇인가요?
허범욱 "힘든 건 스스로 이겨내야 한다" 라는 말을 전하고 싶었어요. 원래는 할머니가 손자의 학교 앞에 앉아 있으면, 손자의 친구들이 할머니 주변에 모여들어 '할머니 괜찮아요?' 하면서 위로하는 내용이었는데 제가 봐도 좀 아니다 싶더라고요. (웃음) 이문주 감독님께서 조언도 해주셨고요. 결국 상처를 치료하는 것은 타자의 위로보다는 자신이 계속 간직하면서 참고 살거나, 스스로 이겨내는 것. 둘 중 하나라고 생각하게 됐어요. 불행을 인정하면서 참고 견디면 옛날에 있었던 일이라 여겨지는 듯해요. 할머니가 스스로 싸왔던 도시락을 먹는 이유는 아이가 없다는 것을 인정하는 걸 표현한 거예요.

KIAFA 저희 KIAFA의 대표 질문 드리겠습니다. (웃음) '범욱스럽다'의 정의를 내려주신다면?
허범욱 '포기하지 마세요'이지 않을까요? 저도 지금은 애니메이션을 한답니다. 이런거? 꼭 애니메이션 대학을 가지 않아도, 그림을 잘 그리지 못해도 할 수 있어요.

KIAFA 식지 않는 열정이라고 표현해도 될까요?
허범욱 개인적으로 열정은 식는다고 생각해요. (웃음) 그러나 잡고 있으면 어느 정도는 이룰 수 있는 것 같아요. 애니메이션과에 가려고 애쓰는 친구들에게, 못 간 친구들에게 하고 싶은 말은 그게 끝은 아니라는 거예요. 결국은 작품을 만드는 게 중요한 거고, 학교를 가도 작품을 안 할 수도 있고, 학교 밖에 있어도 못하는 것이 아니에요. '한다'는 것이 중요한 거 같아요.

KIAFA 마지막으로 감독님에게 애니메이션이란 무엇인가요?
허범욱 거창하게 말 못하겠어요. '목숨', '전부' 이런 거는 절대 아닙니다. 다만, 지금나이에 품고 있는 꿈이지요. 전에는 다른 꿈을 꿨었고, 지금 꾸고 있는 꿈의 전부, 그리고 계속 하고 싶은 거라고 표현하고 싶습니다.

005
블러디 선데이

장편 애니메이션 제작과정을 없애려고 한다

2010년 한국영화아카데미를 요약하자면, 없애려는 것을 반대하는 시간의 연속이라고 할 수 있습니다. 입학하기 전부터 이명박 정부는 한국영화아카데미를 없애려했죠. 시끌벅적했습니다. 동문회가 소집되고, 투쟁이 시작됐습니다. 학교가 어수선했습니다. 한국영화아카데미 원장 자리 또한 박기용 원장에서 장현수 원장으로 바뀌었습니다. 오랜 시간 박기용 원장 체제에 길들여진 아카데미는 전혀 다른 장현수 원장 스타일에 적응하지 못하는 느낌이었습니다. 겉도는 느낌이 강했습니다.

그러던 어느 날. 기어이 사고가 터집니다. 시나리오 수업을 하고 있는 도중, 장현수 원장이 불쑥 들어와 한마디를 던지고 사라집니다.

"너네 돈 없어서 장편 못한다."

그 후로 수업은 진행되지 못했고, 저와 제 동기들은 저 말도 안 되는 문장의 진실을 알기 위해 투쟁을 시작할 수밖에 없었습니다. 아무런 논리 없이 당연한 권리를 일방적으로 박탈하는 것에 모두 폭발 일보 직전이었습니다. 돈이 없다는 행정적인 문제를 왜 학생들에게 전가하는지 알 수 없었습니다. 그렇게 얼마간 큰 소리의 대화가 오고 갔습니다. 결과적으로 모든 것은 사소한 착오에서 시작되었음을 알 수 있었습니다. 하지만 '오해'는 해결될 수 있어도 '불신'은 해결될 수 없었습니다. 한국영화아카데미는 돈도 많이 들고, 기간도 오래 걸리며, 성과도 없는 장편 애니메이션을 계속할 이유가 없다는 생각을 하고 있는 듯 보였습니다. 한국영화아카데미는 학교가 아니었습니다. 돈의 섭리로 움직이는 영화 제작사 냄새를 강하게 풍겼습니다. 그 냄새는 참으로 지독했습니다. 그런 상황 속에서 단편 작업을 모두 끝낸 우리들은 자신이 하고 싶은 장편 이야기의 트리트먼트를 써야 했습니다.

068

창백한 얼굴들

창백한 얼굴들

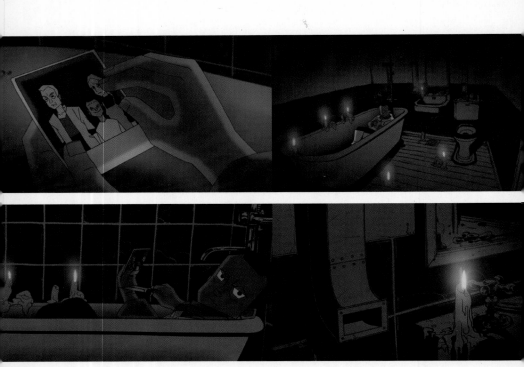

창백한 얼굴들

071
창백한 얼굴들

창백한 얼굴들

창백한 얼굴들

006
킥애스

장편 트리트먼트 쓰기

그들의 똥구멍을 발로 차주고 싶었습니다. 우리를 지치게 만들어 자연스럽게 장편 애니메이션 제작과정을 없애려 한다는 생각을 지울 수 없었습니다. 어수선한 상황 속에서 우리는 박지연 애니메이션 시나리오 작가의 수업을 들으며 장편 트리트먼트를 쓰기 시작했습니다. 저는 하고 싶은 이야기가 이미 있었습니다. 그것을 영화적으로 구성해 글로 표현하면 되는 것이었습니다. 하지만 그것은 생각보다 어려운 일이었습니다. 하루에 3~4시간씩 자며 줄곧 장편 트리트먼트에 매달렸습니다. 그러나 진도는 무척이나 느릴 수밖에 없었습니다. 장편은 제가 해오던 것과 많이 달랐기 때문입니다. 남자와 여자가 다른 것처럼, 단편과 장편은 전혀 다른 성질의 것. 또 다른 길이었습니다. 어렵다 못해 고통스러웠습니다. 그럼에도 그 고통을 참아내고 글을 쓸 수 있었던 원동력은 단 한 가지입니다.

"나는 내가 하고 싶은 이야기를 하고 있어."

장편 애니메이션 제작연구과정에 뽑히는 것은 저에게 중요한 것이 아니었습니다. 이야기가 제대로 완성된다면, 언젠가 그 어디에선가 기회는 한 번쯤 찾아올

것이라는 생각이 있었습니다. 그것이 비록 기약할 수 없는 기다림이라 할지라도 말이죠. 모든 것은 이야기의 힘이 있어야 가능한 것이었습니다. 완성된 트리트먼트는 훌륭하지도 처참하지도 않았습니다. 그저 그런 밍숭맹숭. 하지만 시나리오로 발전된다면 잘할 수 있을 것이란 자신감은 사라지지 않고 있었습니다.

007

큐브

공동연출을 거부한다

다음은 한국영화아카데미 장편 애니메이션 제작연구과정 5기 지원 서류 중,
27기 허범욱의 학업 계획서입니다.

학업 계획서

허범욱

5기 장편 애니메이션 제작연구과정에 지원하면서 가장 먼저 생각한 것은 지난 장
편제작연구과정에서 나온 작품들의 실패를 되풀이해서는 안 된다는 것입니다. 그
렇기에 지난 과정을 겪어온 선배님들과의 대화는 매우 소중한 자료였습니다. 그리
고 그 자료들의 공통적인 맥락은 모두가 '공동연출은 안 된다'는 것이었습니다. 공
동연출은 우리가 꿈꾸는 아름다운 유토피아에서나 가능하다는 것이죠. 지난 공동
연출의 결과는 직접 경험한 학교 관계자들이 누구보다 잘 알고 계실 것입니다.

　　이번 5기 애니메이션 장편제작연구과정은 영화와 마찬가지로 1인 연출 시스
템으로 진행하는 것이 옳다고 생각합니다. 그렇게 되지 않는다면, 지난 기수의 폐
해를 그대로 밟을 것입니다. 매우 건방지다고 생각하실지 모르겠지만, 이것을 학

교 측에서 확정해 주지 않는다면, 학생들 내부에서 결정할 테니 그 결정을 존중해 주셨으면 합니다. 저는 그렇게 해주신다는 가정 하에 5기 장편 애니메이션 제작연구과정에 지원합니다.

만약, '안 돼! 반드시 공동연출을 해!'라고 하신다면, 트리트먼트 평가와는 상관없이 제 프로젝트를 뽑지 말아주시길 부탁드립니다. 저는 지난 장편 애니메이션 제작연구과정에서처럼 장편으로 하고 싶었던 이야기가 제 의도를 충분히 반영하지 못한 채 끝나는 것을 원치 않습니다. 좀 더 발전시켜 차후에 제작할 수 있는 기회가 왔을 때, 좋은 작품으로 완성시키도록 하겠습니다. 물론 그 기회를 얻기 위해 장편제작연구과정에 지원하는 것입니다.

전체적인 제작 진행은 지난 작품들 〈제불찰씨 이야기〉, 〈로망은 없다〉, 〈집〉, 〈은실이〉 중에서 가장 작품이 좋았고, 제작 진행이 옳다고 생각하는 〈로망은 없다〉와 거의 근접하게 가려고 합니다. 지금 생각하고 있는 제작기법은 일반적인 2D 디지털 방식이지만, 수작업 느낌이 가미된 스타일로 생각하고 있습니다. 첨부된 콘셉트 이미지를 보시면 어느 정도 감이 오실 거라 생각됩니다. 일부 기계 장치가 등장하는 장면에서는 이질감이 느껴지지 않는 선에서 간단한 3D도 계획하고 있습니다.

애니메이션 장편제작연구과정의 제작비는 1억5천만 원입니다. 이렇게 적은 제작비로 '장편'을, 그것도 단기간에 퀄리티 높은 이미지를 만들어야 한다면, 공정이 간단해야 한다고 생각합니다. 그런 측면에서 보면 제 이야기는 주어진 1억5천만 원에 잘 들어맞는 콘셉트입니다. 백색이 좀 더 많이 가미된 안개 낀 흑백 이미지로 보시면 될 것입니다. 컬러는 의도된 부분 외에는 없습니다. 분명, 간단한 공정으로 제작을 진행할 수 있을 것이고, 그렇게 해야만 완성도 높은 작품을 만들 수 있을 것이라 생각합니다. 배경, 원·동화, 채색, 합성 및 효과 정도. 이것은 메인 프로덕션이 진행되기 전에 잘 갖추어 놓고 시작해야 할 것입니다. 성우와 음악작업은 제가 단편작업을 했던 것과 마찬가지로 시나리오가 완고되면서 바로 시작할 것입니다. 경험상 성우작업과 음악작업은 얼마나 많은 대화를 작업자들과 하느냐가 퀄리티를 결정한다고 생각합니다. 가능한 선에서 최대한 많은 대화를 나누며 작업할 것입니다.

　　장편제작연구과정은 교육과정이므로 분명 많은 것을 배우고 얻어갈 수 있을 것이기에 최대한 학생의 본분을 잊지 않겠지만, 그렇다고 해서 바꾸라면 바꾸고 하라면 하라는 관계가 되지 않기를 바랍니다. 정규과정에서 단편 작업을 하던 것처럼 학생의 의도와 개성을 충분히 이해해 주고 일방적인 코멘트가 아닌 놓치고 있는 부분을 채워 주고, 환기시켜 주는 방식이었으면 좋겠습니다. 저는 분명, 2010년 애니메이션 연출전공 학생들 중에서 가장 계획적으로 작업했습니다. 그렇게 주어진 마감기한을 줄곧 지키며 작품을 완성했고, 그 과정에서 지적받았던 단점들을 보완하려고 노력했습니다. 고통스러웠지만 충분히 납득할 만한 사항들이었고, 그에 대한 불만은 전혀 없습니다. 장편제작연구과정에서도 그런 모습들을 보실 수 있을 것입니다.

작업계획

───────────────────────────────

트리트먼트 선발 완료

↓

팀 구성

↓

시나리오와 함께 캐릭터 디자인,
배경 콘셉트 디자인, 파이널 이미지 시작

↓

시나리오가 완성되는 동시에 캐릭터,

배경 디자인, 파이널 이미지 1차 완성

↓

스토리보드

↓

캐릭터, 배경 디자인,

파이널 이미지 최종 완성

↓

레이아웃 잡는 컷대로

원.동화, 채색, 배경, 합성 및 효과 순차적 진행.

※ 전체적인 날짜는 학교의 정해진 계획대로

하지만 의견은 받아들여지지 않았고, 저는 장편제작연구과정에 뽑히지 못했습니다. 당연한 결과였죠. 하지만 지금도 그 생각은 바뀌지 않았습니다. 공동연출은 유토피아에서나 가능합니다.

그렇게 동기 누나인 '탁둘순'과 26기 선배 '이진화' 씨가 공동연출을 하는 조건으로 이진화 씨의 '커피의 신' 프로젝트가 선정되었습니다. 저와 한국영화아카데미의 인연이 끝나가고 있었습니다. 좋은 시간들이었습니다. 저에게 이런 기회들이 주어질 거라고는 상상도 하지 못했습니다. 저는 매우 행복하고 홀가분한 마음이었습니다.

008

일기 8

2 0 1 1 장편 애니메이션 제작연구과정 심사 결과가 통보되었다는 소
0 3 . 1 4 식을 들었고, 저는 연락을 받지 못했습니다. 어쩐지 오늘 참
이상했습니다. HD CAM 국문판 테이프를 뜨러 학교에 갔는
데, 만나는 교수님들마다 평소 하지 않던 '힘내라'는 말을 던지는가 하면, 조용히
손을 잡는 일이 생겼으니 말이죠. 심사 결과 소식을 합격자를 통해 듣고서야 오늘
의 이상한 일들을 모두 이해할 수 있었습니다. 그래서 저는 깔깔깔 웃었습니다.

지금 제 실력 안에서 보여줄 수 있는 건 다 보여 주었고, 또 설명했습니다. 제
출했던 트리트먼트, 기획의도, 학업계획서, 참고 이미지. 부끄럽지 않습니다. PPT
도 최대한 제 뜻이 잘 전달되도록 노력했습니다. 역시 부끄럽지 않습니다. 분명 교
육의 목적이 0.1퍼센트 있더라도 '공동연출'은 말도 안 되는 것이라는 의견 또한 변
함이 없었습니다. 그저 저는 부족했습니다. 장편 이야기의 구조는 '어렵다'는 단어
보다 '고통스럽다'는 단어가 더 잘 어울릴 만큼 힘들었고 막막했습니다. 하고 싶은
이야기가 있었기에 장편 시나리오 수업을 한 번이라도 받기를 원했지만, 학교는
교육의 기회를 주지 않았고, 그것이 아쉽다면 아쉬운 단 한 가지입니다.

결과에 수긍합니다. 그리고 다시 새로운 계획에 들어갑니다. 새로운 계획은
서울애니메이션센터 단편애니메이션 제작지원입니다. 저의 새로운 이야기는 제

가 어린 시절 바라보았던 개신교에 대한 이야기입니다. 정권도 정권인데다 굉장히 민감한 내용이라 큰 기대는 하지 않았지만, 일단 하고 싶은 이야기는 이것밖에 없기에 밀고 나갈 생각입니다. 중요한 것은 제 이야기를 하는 것이라 생각합니다. 언제나 그랬던 것처럼 꾸준히 해나가겠습니다.

창백한 얼굴들

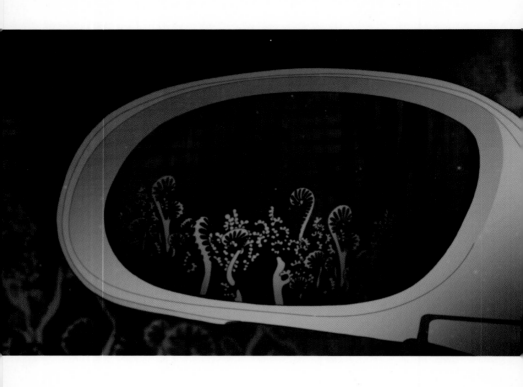

창백한 얼굴들

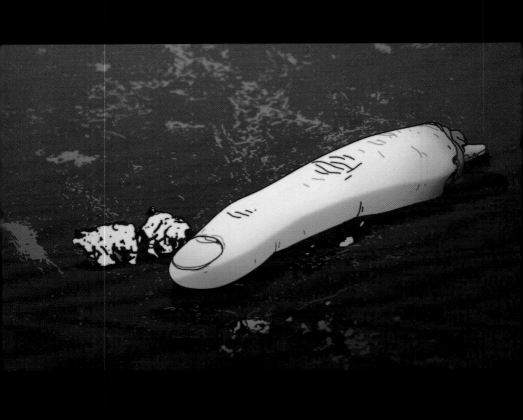

창백한 얼굴들

창백한 얼굴들

086
창백한 얼굴들

087

한국영화아카데미
장편 애니메이션 제작연구과정 5기

001

월드 워 Z

대타로 타석에 들어선다는 것

2011년 11월. 한 통의 전화가 걸려옵니다. 이성강 교수님의 전화입니다. 전화의 요지를 간단하게 정리하면 이렇습니다. "진행하던 〈커피의 신〉 프로젝트가 엎어졌으니 네가 냈던 프로젝트로 장편 할래? 물론 1인 연출로."

보이스피싱 같은 교수님의 전화에 잠시 멍해졌습니다. 이게 뭐 하는 장난인가? 하는 생각이 먼저 들었습니다. 한국영화아카데미를 나온 후 장편을 생각해 본적이 없었습니다. 외주로 들어오는 작업을 진행하며 돈을 벌고, 틈틈이 단편 작업을 하면서 시간을 보냈습니다. 특별히 생활에 불만은 없었습니다. 모든 것이 잘 돌아가고 있었습니다. 장편은 10년 안에 할 수 있으면 좋겠다는 소소한 마음만 갖고 있었습니다. 저에겐 장편을 할 수 있는 바탕이 전혀 없었기 때문입니다. 현실적으로 냉정하게 보아도 제가 제작사를 끼고 장편을 만든다는 건 다가갈 수 없는 다른 세계였습니다. 이것은 대부분의 독립 애니메이션 감독에게 해당되는 사항이니 그리 특별하지도 않습니다. 그렇기에 장편 트리트먼트도 이전 상태 그대로 컴퓨터 하드 디스크 한 구석에서 잠을 자고 있었습니다. 트리트먼트를 시나리오로 발전시킬 이유가 전혀 없었습니다. 그런 저에게 이성강 교수님이 당장 결정하라는 전화를 걸어왔습니다. 저는 어리둥절했고, 그 어리둥절이 점차 어이없음으로 변해갔습니다. 화가 났습니다.

"이제 와서 뭐 하자는 거야?"

헤어진 여자친구가 다시 사귀자고 전화하는 것과 같은 뉘앙스에 무척이나 화가 났습니다. 더군다나 이런 중대한 문제를 일주일 안에 결정하라니, 이건 정말 악날함의 극치를 달리고 있었습니다.

"독이 든 달콤한 꿀물을 줄 테니 어서 마셔."

저는 쉽사리 하겠다는 말을 할 수 없었습니다. 큰 점수차로 지고 있는 게임. 9회말 2아웃에 대타로 타석에 들어서는 것은 '패전처리'를 의미합니다. 아무도 기억하지 못하는 의미 없는 타자. 그저 나를 이용해 먹고 버리려고 한다는 생각이 가시지 않았습니다.

여러 사람들의 의견이 필요했습니다. 의견을 듣기 위해 저를 가르쳐 주셨던 선생님들과 감독님들을 만나 뵙고 의견을 물었습니다. 그러나 그것 또한 큰 도움이 되지 못했습니다. 50대 50 이었기 때문입니다. 고민은 점차 깊어졌고, 이성강 교수님과의 면담 날짜는 점차 다가오고 있었습니다.

결국 결론은 '해보자'로 결정되었습니다. 물론 부정적인 생각이 말끔히 사라진 것은 아니었습니다. 대타로 장편을 만들면서 당해야 하는 여러 가지 부조리들이 눈에 선했습니다. 그럼에도 저는 저의 지나온 과거를 되돌아 보았습니다. 그 어떤 쓰레기가 나오더라도 작품을 할 수 있는 기회를 얻는다는 것은 무척이나 소중한 것이었습니다. 역사적으로 저에겐 아주 작은 기회를 잡는 것조차 허락되지 않았기 때문입니다. 이것은 어쩌면 저에게 다가온 가장 큰 기회일 수도 있습니다. 방식이 꼬여 버린 실타래 뭉치로 다가왔지만 말이죠. 제가 더 많이 움직이고, 좋은 사람들과 의기투합해서 작업할 수 있다면, 좋은 기회가 될 것이라는 생각이 들었습니다. 또 '배움'의 시선으로 본다면 분명 많은 것을 배울 수 있을 것이었습니다. 그리고 또 하나 이 제안을 받아들여야 하는 결정적인 이유는 제 이야기를 할 수 있다는 것. 남의 이야기를 이어받아서 하는 것이 아닌, 제 이야기를 한다는 것은 변하지 않는 분명한 사실이었습니다. 저는 독이 든 꿀물을 목구멍에 콸콸 쏟아부었습니다. 해독제가 몸속에 있길 바라면서. 없다면 만들어질 바라면서….

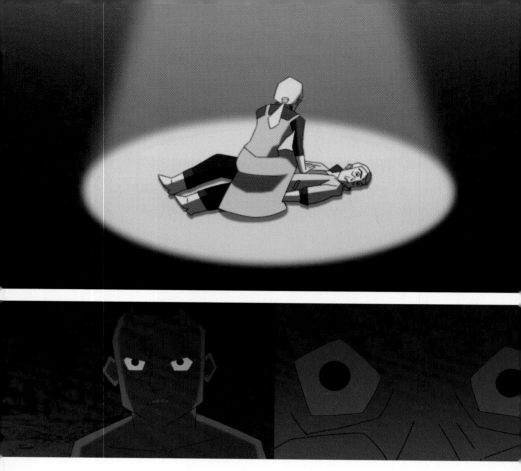

창백한 얼굴들

창백한 얼굴들

002
굿 월 헌팅

오승욱 선생님과의 재회

저의 장편 시나리오 선생님은 오승욱 선생님이었습니다. 선생님과의 첫 만남은 4기 장편 애니메이션 작품인 〈은실이〉 시절로 거슬러 올라갑니다. 저는 〈은실이〉의 캐릭터 채색 외주를 하고 있었고, 회식 때 선생님을 처음 뵈었습니다. 그리고 그날은 무척이나 최악의 상황이었던 것으로 기억됩니다. 술을 강요하는 것을 극도로 싫어하는 저는, 선생님의 술 강요에 무척이나 화가 났습니다. 그 자리에 있던 사람들이 불편해 할 정도로 저는 선생님께 비아냥거리는 말투로 대답했습니다.

"술잔이 무거워서 술 못 먹겠네요."

저는 그것이 부끄럽지 않았습니다. 남들의 강요에는 어릴 때부터 항상 그런 태도로 임했습니다. 술을 강요하는 사람을 저는 어른이라고 보지 않습니다. 대부분의 사람들은 제가 이런 모습을 보일 때면, 욕을 하거나 상종을 안 하거나 둘 중 하나의 반응을 보이곤 합니다. 하지만 신기하게도 선생님은 허허 웃으며 저의 모든 말들을 귀엽다는 듯 웃음으로 넘겨 주었습니다. 선생님과의 첫 만남은 '술'이었습니다. 그리고 이제 우리 둘이 다시 만날 일은 없을 것임을 그 자리에 있던 모두가 확신했을 겁니다. 하지만, 세상 일은 참 알 수 없는 일들의 연속입니다.

그 만남 이후 몇 달의 시간이 흐른 뒤, 우리는 선생과 제자로 같은 테이블에 앉아 있었습니다. 혹자는 어떻게 수업이 가능하냐는 질문을 했지만, 저와 선생님은 전혀 어색하지 않았습니다. 그날의 일들은 그저 껄껄껄 웃어 넘길 수 있는 하나의 에피소드일 뿐. 서로에게 큰 의미를 부여할 일은 아니었습니다. 수업은 무리 없이 진행되었습니다. 제가 시나리오를 써가면 함께 소리내서 읽어보고, 서로의 생각을 이야기하고, 도움이 되는 소설과 영화를 추천해 주고, 제가 그 작품을 보고 오면 또다시 서로의 생각을 이야기하는 방식이었습니다. 딱딱하지 않고 유연하게 제가 스스로 시나리오를 쓸 수 있게 이끌어 주셨습니다.

특히, 같이 소리 내어 시나리오를 읽어보는, 이 사소하고 보잘 것 없는 방식이 저에겐 매우 커다랗게 다가왔습니다. 속으로 읽어서는 알 수 없었던 감정들이 소리를 내는 순간 겉으로 드러나게 되는 신기한 경험을 하게 되었기 때문입니다. 이렇게 작은 부분에도 배움이 가득 녹아 있었습니다.

한국영화아카데미 장편제작연구과정에서 얻은 가장 큰 수확은 장편 시나리오를 쓸 수 있게 되었다는 것입니다. 장편 시나리오에 대한 두려움과 막막함이 사라졌다는 것은 한 단계 발전했다는 것을 의미합니다. 이렇게 빠른 시간 내에 그것이 가능했던 것은 오직 '오승욱' 선생님이 있었기에 가능했다고 생각합니다.

003
다크 나이트

〈창백한 태양〉이 〈창백한 얼굴들〉이 되다
시작은 〈창백한 얼굴들〉이 아닌 〈창백한 태양〉이었습니다.

　　가까운 미래. 영원할 것이라 믿었던 태양이 한 순간 생명을 다하자, 사람들은 논의 끝에 그 자리에 거대한 형광등을 설치해 태양의 임무를 대신하게 한다. 그 뒤, 유전자의 변형으로 세상의 모든 색깔이 하얗게 빠져 버리는 동시, 인종을 불문하고 태어나는 아기 또한 모두 백인. 색깔을 만들 수 있는 염료도 자연과 인공 그 어디에서도 만들 수 없게 된다. 시간이 지나가면서 사람들은 서서히 세상에 여러 색깔과 인종이 있었다는 것을 잊기 시작한다. 그렇게 2백여 년이 흐른다. 이제 세상에는 하얀 피부의 사람만 태어나고 살아간다. 유색인종을 찾아볼 수 없는 세상. 그 세상에 검은 피부를 가진 한 아이, 최민재가 태어난다. 괴물로 취급되는 민재. 부모는 민재를 밖으로 내보일 수 없다. 방 안에 갇혀 성장하는 민재는 부모의 사랑을 받기는커녕, 끊이지 않는 부모의 싸움과 욕설, 그리고 폭력을 받고 자란다. 그렇게 열다섯 살이 된 어느 날, 더 이상 버티지 못한 엄마가 아빠를 죽이고 자살한다. 모든 것을 목격한 민재는 세상에 홀로 남겨진다. 민재는 이 모든 것들이 자신이 검은 피부이기 때문에 일어난 일이라 생각한다. 민재는 하얀 피부가 되어 평범하게 살고 싶다. 모든 것은 저 하늘 위 형광등 태양 때문이다. 저 거대한 형광등을 꺼야 한다. 그럼 세상 모두가 평등해질 것이다.

그러나, 저는 교수님들이 던지는 몇몇 중요한 질문들을 완전히 깨부수지 못했습니다.

"세계관의 정교함이 떨어진다. 과학적 근거는 어디에 있는가? 납득이 안 된다. 오프닝에서 세계관 설정을 설명했음에도 이해가 안 된다. 오래 설명할 필요가 없다. 매우 구차해 보인다."

"주인공의 목적을 모르겠다. 주인공이 목적을 이뤘을 때 무엇을 얻는가? 또, 주인공은 왜 이렇게 수동적인 인물인가? 전체적으로 주인공에게 감정이입이 안 된다."

"이미지의 나열 때문에 감정을 이해하기 힘들다. 캐릭터들의 연기를 보여 주어야 한다. 감정을 강요하고 있다."

"회상이 흐름을 깬다. 그리고 회상 신에 오해의 여지가 많다. 버릴 건 버려야 한다. 너무 많은 것을 표현하려고 한다."

"중간쯤에 나오는 만화책 내용이 인종차별을 명확하게 보여주고 있다. 말하고자 하는 것이 그것이 아니라면 바꿔야 한다. 피부색 설정을 꼭 가져가야 하는가?"

창백한 얼굴들

"라스트에서 무슨 얘기를 하고 싶은가? 그것은 곧 감독이 이 작품에서 무엇을 이야기하고자 하는가와 일맥상통한다. 지금의 라스트에서는 그 것이 전해지지 않는다."

저는 이것이 동화로 비춰지길 원했습니다. 과학을 기초로 한 SF가 되길 원했던 것이 아닙니다. 하지만, 초반 장면들에서 세계관을 설명하는 신들을 제대로 구성하지 못했습니다. 동화면 동화적으로 세계관을 설명하면 될 것이고, SF라면 과학적 근거로 세계관을 설명하면 될 것입니다. 허나, 그때의 저는 이것도 저것도 아닌 방식으로 세계관을 설명했고, 그것은 저를 포함한 모두를 설득할 수 없었습니다. 시작이 허술하니 그 뒤의 이야기가 제대로 진행될 수 없는 것은 당연할 결과입니다. 오로지 재미있고 새로운 이미지에 집착했던 결과는 절망으로 다가왔습니다. 재미도 없고 의미도 없는 결과물에 저는 쓰러질 수밖에 없었습니다. 결국, 더 이상 이 이야기로는 작품을 진행을 할 수 없는 상태에까지 이르렀습니다. 모든 작업이 중단되었고, 스태프들이 떠나고, 작업물은 버려졌습니다. 아무것도 손에 잡히지 않았습니다. 작업을 시작한 지 10개월이 지난 시점이었습니다.

그에게 2주간의 휴식이 주어진다.

마음을 추스르고 다시 돌아온 저는 세계관과 강렬한 이미지에 집중하기보다 주인공 캐릭터의 감정에 집중하는 것이 옳다는 결론을 내렸습니다. 그렇게 저는 〈창백한 얼굴들〉을 다시 쓰기 시작했습니다. 이제 저에게 세계관은 크게 중요한 것이 아니었습니다. 모든 것이 무채색인 행성이 있다는 단순명료한 설정으로 정했죠. 더 이상 세계관 설정에 열정을 낭비하고 싶지 않았습니다. 주인공 캐릭터에 집중해야 했습니다. 일단 '흑인'이었던 주인공의 피부색을 일반적인 누런 피부색으로 바꿨습니다. 흑백의 인종차별 느낌을 버려야 했습니다. 저는 인종차별에 대한 이야기를 하고 싶은 것이 아니었기 때문입니다. 조금이라도 오해 받을 수 있는 부분은 걷어내야 했죠.

　무채색의 세상 속, 주인공에게만 색깔을 부여했습니다. 평범할 수 없는 주인공. 주인공은 세상에서 유일하게 색깔을 가진 괴물이 되었습니다. 그제서야 주인공의 여정 속에서 제가 원했던 감정들을 끄집어 낼 수 있었습니다. 주인공은 곧 저의 모습이었습니다. 제가 살아온 흔적들을 밟아 가고 있었습니다. 저는 그것들을 비유와 상징을 이용해 이야기로 바꿔 내는 작업을 했을 뿐입니다. 이야기는 술술 풀렸습니다. 저는 비로소 장편 애니메이션을 만들 수 있는 바탕을 마련할 수 있었습니다.

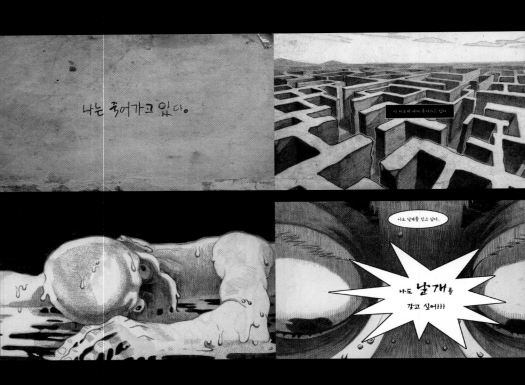

창백한 얼굴들

창백한 얼굴들

004

일기 9

2012
09.17

마음을 차분히 가라앉혀야 합니다. 실패를 인정하고, 능력의 바닥을 확인하는 일은 괴롭습니다. 2주의 시간이 필요했습니다. 특히 '그만하고 싶다'는 마음 속 외침을 거부하는 것이 너무도 힘들었습니다. 무엇이 어디서부터 잘못되었는지를 찾는 과정보다 편해지고 싶은 마음이 더 간절했습니다. 아, 내가 이렇게 밑바닥까지 왔구나. 스스로 안개 속에 묻혀 나오고 싶지 않아했구나. 네, 그랬습니다. 제 눈으로 보기에도 저의 애니메틱 릴은 절망적인 결과물, 쓰레기라고 말해도 변명할 여지가 없을 정도로 참혹했습니다. 부끄러움을 넘어 자괴감이 들었습니다. 내가 다시 애니메이션을 할 수 있을까 하는 생각까지 들었습니다. 태권도의 꿈을 그만두고, 시인의 꿈을 그만두고, 소설가의 꿈을 그만두던 그 순간의 느낌과 같았기 때문입니다. 꿈을 포기할 수밖에 없었던, 다른 방법은 없었던, 그때의 그 시간들과 너무도 닮아 있었습니다.

다시 시작의 순간을 떠올립니다. '열등감'. 저에게 시작은 곧 열등감입니다. 열등감이 저를 여기까지 끌고 왔습니다. 열 살 이후로 항상 열등감에 시달렸고, 끝없이 이를 뛰어넘으려 했죠. 하지만, 결국엔 아무것도 할 수 있는 것이 없는. 정말로 열등한 사람이 되었던 20대 초반의 나. 결국엔 대학 입학증이 없어 편의점 아르바이트조차 할 수 없었던 냉정한 현실을 보았습니다. 그리고 집안의 '실패자'로 낙인 찍혀 집안 행사에 참여할 수 있는 곳이 장례식밖에 없는 '나' 또한 보았습니다. 떠나보낼 수밖에 없었던 사랑했던 인연들의 뒷모습을 보며, 얼마나 잡고 싶었는지. 얼마나 오랜 시간 괴로워 했는지. 그런 열등감을 처음으로 마음껏 표출시켰던 것이 '그림'이었고 '애니메이션'이었습니다. 그것은 처음으로 내가 잘하지 못해도 괜찮은 것이었습니다. 그렇습니다. 시작은 열등감이었고, 그 열등감의 산물이 애니메이션을 하는 허범욱을 만들어 냈습니다. 여기서 다시 포기한다면 저는 또다시 자연스럽게 그 사회 속으로 더욱 깊숙하게 들어갈 것입니다.

하지만 무서운 건 그것이 아닙니다. 이 일을 처음 시작할 때, 저는 제가 이 일을 그만둘 순간을 정해 두었죠. 그건 바로 '아, 뭐 만들지?'라고 되묻게 되는 순간입니다. 이 정도의 생각을 하게 되는 순간이면, 분명 제가 표현하고 싶은 것은 다 표현했다고 해도 과언이 아닙니다. 그러나 지금은 만들고 싶은 것이 여럿 남아 있습니다. 그런데 실력이 되지 못해 그만둔다. 저는 이것이 세상에서 제일 무섭습니다.

2주간의 시간을 되돌아 보았습니다. 그리하여 제가 너무 많은 욕심들을 품고 있었고, 내가 아닌 다른 것을 표현하려 했음을 뒤늦게 깨달았습니다. 장편이기에 관객을 생각해야 한다는 강박관념. 물론, 반드시 생각해야 하지만 아직 저에겐 무리입니다. '이런 건 관객이 이해하기 힘들어. 기본이잖아.' 타인의 말들을 제대로 걸러 내지 못했던 저의 실수들. '시간이 없어. 빨리 해야 해.' 초조함. 불확실성. '우린 너를 믿고 있어. 모두가 기대하고 있어.' 부담감. 단편을 만들 땐 경험해 본 적 없는 것들. 직책에 따른 책무가 매우 무겁다는 것을 다시 한 번 확인합니다. 하지만 후회는 없습니다. 제가 이런 감정과 대우를 받을지 누가 상상이나 했겠습니까. 행운이었습니다. 그리고 정말 좋은 공부가 되었습니다.

그렇습니다. 아직 저의 첫 번째 장편 애니메이션은 짙은 안개 속에 가려 보이지 않습니다. 현실이죠. 그러나, 오로지 나를 표현해야 한다는 저의 애니메이션의 시작점을 다시 생각하게 한 중요한 반환점이 된 것은 확실합니다. 너무도 훌륭해서 세상의 이목을 끌고, 대중과 평단의 찬사를 받는 작품을 만들고 싶은 것이 아닙니다. 저에게 그건 그다지 중요하지 않습니다. 아직 저는 그 정도의 그릇이 되지 못한다는 것을 잘 알고 있습니다. 더 많이 공부하고 느끼고 생각해야 합니다. 지금의 저는 오로지 스스로에게 부끄럽지 않은, 나에게 의미 있는 작품. 제가 안개 속에서 방황하던 그때 그 시절 빛이 되어 준 그것. 그것이면 저는 만족합니다. 그렇게 되길 바라며 다시 움직이려 합니다.

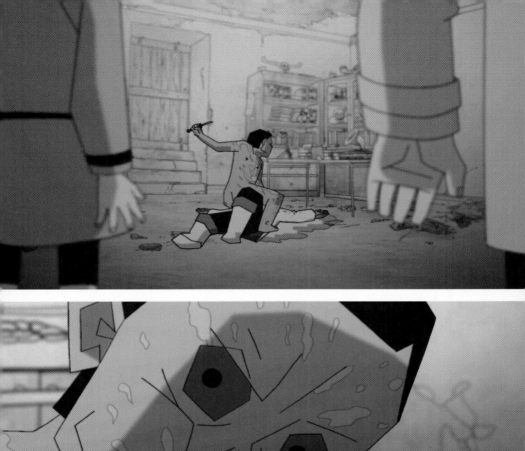

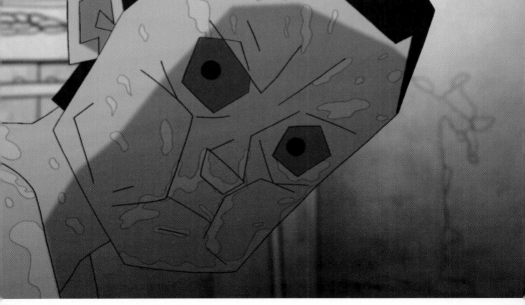

105

창백한 얼굴들

005
미저리

허수아비가 되어 버린 나

대타의 삶은 고달픕니다. 시작부터 제가 원하는 방식대로 단 한가지도 진행할 수 없었습니다. 거의 모든 것이 정해져 있었고, 저의 의견은 묵살되기 일쑤였습니다. 시나리오를 쓰기 시작하자마자 올해 반드시 써야 하는 돈이 총 제작비의 절반가량 되었습니다. 2주 안에 제작비의 절반을 써야 했습니다. 올해 반드시 써야 하는 예산이 정해져 있었기 때문입니다. 그 어떤 여지도 없었습니다.

　　대타의 삶은 고달픕니다. 제가 최대한 발로 뛰며 구한 스태프들을 제외한 모든 것들은 저와 상의 없이 계약이 이루어졌습니다. 그것은 곧 제가 원하는 시스템으로 작업할 수 없다는 것을 의미합니다. 학교와 프로듀서가 정해준 틀 안에서 움직여야 한다는 것입니다. 하수아비도 이런 허수아비가 없습니다. 그럼에도 저는 조금이라도 제가 원하는 방식으로 가기 위해 노력했고, 싸웠습니다. 허수아비가 되지 않기 위해 발버둥쳤습니다. 그러나 말도 안 되는 이유들로 인해 모든 것들이 무너져 내렸습니다. 이해할 수 없는 부조리의 연속이었습니다. 제가 원하는 합성팀의 금액 1천만 원이 말도 안 되게 비싸다며, 마치 저를 비리 공무원 보듯 대하던 교수님과 프로듀서는 다른 업체 합성팀과 1천만 원에 흔쾌히 계약을 체결했습니다. 대부분 그런 식이었습니다. 저는 아직도 이것을 이해할 수 없습니다. 아마 죽

창백한 얼굴들

을 때까지 이해할 수 없을 것입니다. 이 일은 분명 이후 연쇄적으로 일어나는 사건 사고들의 복선이었습니다.

대타의 삶은 고달픕니다. 제가 통제할 수 없는 방식으로 진행되기에 저는 끌려다닐 수밖에 없었습니다. 행정적인 법칙 때문에 돈은 이미 지불되었고, 돈을 받은 스태프들은 일을 해야 했고, 저는 아직 시나리오를 완성하지 못했습니다. 그렇습니다. 시나리오를 쓰는 동시에 설정 작업들을 진행하는 것은 너무 힘든 일이었습니다. 감독인 제가 아직 명확한 것을 잡아 내지 못했는데 돈이 지불되었다는 이유 하나만으로 프리 프로덕션을 강행하는 것. 선뜻 이해할 수 없는 일이 벌어지고 있었습니다.

대타의 삶은 고달픕니다. 모든 것이 급하게 넘어갔습니다. 저는 초조했고, 불안했습니다. 알지 못하는 것을 상대할 때의 두려움이 있었습니다. 그렇다고 해서 누군가 저를 도와주는 것이 아닌 그저 동물원에 있는 원숭이 지켜보듯 구경만 하고 있었습니다. 잘하나 못하나 한번 두고 보자. 그 결과는 결국 작업이 10개월가량 진행된 시점에 '제작중단'의 결과로 나타났습니다. 어느 하나 제대로 돌아가는 것이 없었습니다. 그리고 저는 모든 책임을 져야 했습니다. 속상하고 억울했습니다.

대타의 삶은 고달픕니다. 그럼에도 포기하지 않고 계속 작업을 진행할 수 있었던 것은 한국영화아카데미 직원도 교수도 프로듀서도 아닌, 저를 버리지 않고 유일하게 남아준 배경감독 덕분이었습니다. 그는 제작중단이라는 처참한 상황에서 스태프들이 한두 명씩 떠나가고, 결국엔 모두가 떠나가는 것을 지켜보면서도 제 곁에 남았습니다. 오직 그만이 제 곁에 있었습니다. 떠나가는 것이 당연한데도 그는 떠나지 않았습니다. 이후 시작된 2차 설정 작업은 저와 배경감독 단 두 명의 인원으로 진행되었습니다. 그것이 제 마음의 여유를 찾아 주었고, 작업을 계속할 수 있는 원동력이 되었습니다.

108

창백한 얼굴들

창백한 얼굴들

006
꽁치의 맛

새로운 것은 없다

우리 모두는 흔히 설정 작업을 시작하면서 새로운 것을 만들어 내고 싶은 강한 열망에 휩싸이게 됩니다. 결국 열망의 결과는 상상을 초월하는 스트레스로 다가옵니다. 아주 평범하고 재미없는 그림들이 우리의 손에서 그려지는 것이죠. 극심한 절망감에 결국 좌절하게 되는 뻔한 스토리. 특별한 능력을 부여 받은 사람이 아니라면 우리는 대부분 저 평범한 스토리에서 벗어날 수 없을 겁니다. 저는 그런 경험을 두 번 다시 하고 싶지 않았습니다. 이미 처음 그림을 공부할 때부터 많은 시행착오를 통해 깨달았기 때문입니다. 제가 소위 '천재'가 아니라는 사실을 말이죠. 이것은 이미 증명된 수학공식과도 같은 것이니까요.

〈창백한 얼굴들〉의 배경 설정과 캐릭터 설정도 마찬가지입니다. 새로운 것은 없습니다. 그저 '새로움'만 있을 뿐입니다.

저에게 있어 '새로움'은 항상 일상적이고 평범한 곳에서 한 발짝 나아간 곳에 있었습니다. 아무리 멋진 미사여구를 동원하고 유식한 단어들로 표현한다고 해도 좋은 글이 되지 않는 것과 같은 이치입니다. 처음 글을 쓸 때와 그림을 그릴 때 모두, 멋지고 현란하고 달콤한 것에 빠져 있었습니다. 그러나 점점 결과물이 나오면 나올수록 현란함보다는 담백함이 좋다는 것을 느끼게 되었죠. 〈창백한 얼굴들〉도 같은 맥락입니다. 그것들은 무의 공간에서 '창조'된 것이 아닌, 이미 우리 주변에 널려 있는 사소한 것들을 조합하고 변형시켜 완성한 결과물입니다. 그것들의 적절한 조합·변형이 '새로움'을 만들어 냅니다. 그리고 그 '새로움'들이 작품의 분위기를 결정합니다.

　　〈창백한 얼굴들〉의 배경 설정을 예로 든다면, 수풀들과 나무들은 바다 속에 살고 있는 해조류들과 육지에서 자라는 채소들이 변형·조합된 결과입니다. 잘 보세요. 약간 다른 관점에서 본다면 분명 작품 속에서 훌륭하게 수풀과 나무의 역할을 수행할 수 있습니다.

수풀들과 나무들은 바다 속에 살고 있는
해조류들과 육지에서 자라는 채소들이 변형, 조합된 결과

창백한 얼굴들

브로콜리, 배추, 해초 등을 모델로 만든
풀과 나무의 이미지

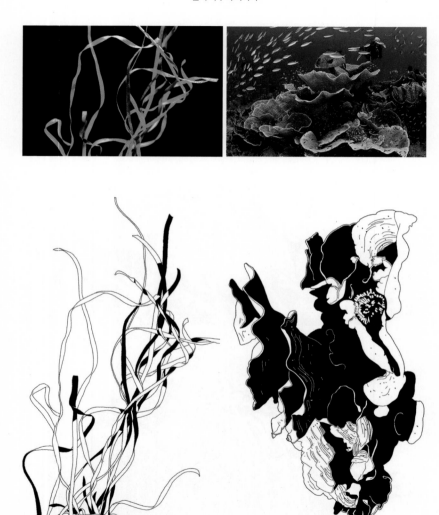

창백한 얼굴들

창백한 얼굴들

무청, 치커리 등을 모델로
작업한 이미지

창백한 얼굴들

창백한 얼굴들

각종 해조류와 가지 등을 모델로
작업한 이미지

창백한 얼굴들

 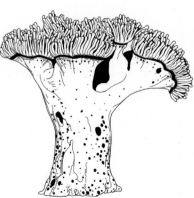

창백한 얼굴들

캐릭터 디자인 또한 마찬가지입니다. 대부분은 감독이 부여한 캐릭터 각각의 성격을 기본으로, 캐릭터 디자이너의 능력 안에서 탄생됩니다. 하지만 몇몇 캐릭터들은 성격만으로 이미지가 떠오르지 않는 경우도 있습니다. 꽉 막혀 버려 어떤 것으로도 뚫리지 않는 답답한 상황이 분명 찾아옵니다. 그때, 저는 그 해답을 실제 인물에서 찾곤 합니다.

〈창백한 얼굴들〉의 경우에 '두목' 캐릭터 레퍼런스는 1968년작 캐럴 리드 감독의 뮤지컬 영화 〈올리버〉에 등장하는 '빌 사이크스'의 캐릭터를 참고했습니다. 그의 사악하면서도 정신 나간 이미지가 두목과 유사하기 때문이죠.

1968년작 캐럴 리드 감독의 뮤지컬 영화
〈올리버〉에 등장하는 '빌 사이크스'의 캐릭터

그리고 암살단의 멤버 중 여자아이 캐릭터는 '고양이'를 참고했습니다. 날카로우면서 남을 잘 속이고, 몰래 자신의 이익만 챙기는 성품이 흡사 고양이를 닮았다고 생각했기 때문입니다. 그렇기에 이 여자아이의 캐릭터 이름을 '새벽 고양이'로 확정지었습니다.

'고양이'를 참고한 암살단의 멤버
여자 아이 캐릭터

마지막으로 가장 풀리지 않았던 주인공 캐릭터 '민재'는 2차 시나리오가 확정
되면서 저의 어린 시절의 모습을 레퍼런스로 삼아야겠다는 확신을 갖게 되었습니
다. 그렇다고 해서 제 어린 시절 사진을 캐릭터 디자이너에게 건네 주었던 것은 아
닙니다. 그의 능력을 조금 더 이끌어 내보고 싶은 마음에 저의 어린 시절 모습을 상
상해 그리라고 주문했습니다. 저와 친분이 있던 사이이기에 이런 작업이 가능했습
니다. 결과적으로 완성된 '민재'는 저의 어린 시절과 묘하게 닮아 있었습니다.

내 어린 시절의 모습을 레퍼런스로 삼은
주인공 캐릭터 '민재'

하지만 즐거움은 왜 오래가지 않는 것일까요? 저는 여기서 〈창백한 얼굴들〉
의 액팅 퀄리티를 결정하는 아주 중요한 선택을 하게 됩니다. 바로 캐릭터 디자인
단계에서 말이죠. 물론, 그때는 이 선택이 작품 전체 퀄리티를 결정한다는 사실을
전혀 알아차리지 못했습니다.

007

알프레도 가르시아의 목을 가져 와라

절망의 늪

너무도 너무도 너무도 너무도 너무도 너무도 너무도
안타깝게도 알지 못했습니다.

　　바로 직선형의 각진 캐릭터 디자인입니다. 애니메이션의 움직임을 만들어 내는 원화와 동화작가들이 쉽게 적응하지 못했습니다. 그 분들이 오랫동안 해오던 둥근 형태의 캐릭터가 아니었기 때문입니다. 결국, 캐릭터들의 움직임은 처참하게 딱딱해져 버려, 흡사 싸구려 플래시 애니메이션을 보는 듯한 액팅을 만들어 내기에 이르렀습니다. 그것은 저의 엄청난 패착이었습니다. 작품의 퀄리티가 바닥으로 처박히는 매우 중대한 문제였죠. 그것을 완벽하게 해결하는 방법은 단 한가지. 캐릭터 디자인을 다시 하는 방법 외에는 없었습니다. 하지만 현실적으로 그것은 불가능한 선택지였죠. 더구나 캐릭터 디자인을 했던 스태프는 이미 완벽한 안녕. '우리 이제 평생 다시 보지 말자~' 외치며 떠나고 없었습니다.

믿음의 종말
허범욱

그를 처음 만난 건 2007년이었다. 그곳은 홍대에 있는 한 입시미술학원이었다. 그의 인상은 무척이나 날카로웠다. 실수로 손을 대기만 해도 손가락이 잘릴 것처럼 날카로운 스물한 살의 남자. 그도 그럴 것이 그는 삼수생이었다. 하지만 그는 그 날카로움 속에 엄청난 능력을 감추고 있는 실력자였다. 그렇다. 그 기간을 증명이라도 하듯 학원에 있는 남학생들 중 가장 뛰어난 그림 실력을 갖고 있었다. 그것은 나에게 부러움을 넘어선 놀라움을 만들어 주는 것이었다. 그림이란 것을 처음 그려 보는 나에게 그는 너무 높은 곳에 있는 존재로 느껴졌다. 홍대 입시 학원가에서 통칭 '아~ 그 아저씨!'로 불리는 스물다섯 살의 나는, 스물한 살의 그를 존경하지 않을 수 없었다.

시간이 흘러가며 그를 알아가면 알아갈수록 그의 날카로운 인상과 말투는 겉모습일 뿐. 그의 본 모습은 매우 착하고 순수했다. 내면의 약함을 숨기려고 일부러 강한 척, 센 어조로 말하는 것이 나의 눈에는 매우 귀엽게 보였다. 어쩌면 그것이 그의 가장 큰 매력 중 하나라고 생각하기도 했다. 큭큭, 귀여운 새끼.

그는 삼수 끝에 자신이 원하던 대학교, 원하던 과에 들어갔다. 나는 그를 진심으로 축복해 주었다. 양쪽이 합격하지 않는다면 여기서 대부분의 스토리는 종료되는 것이 일반적인 흐름일 것이다. 입시학원에서 만난 인연이 얼마나 오래가겠는가? 또 얼마나 얄팍하겠는가? 하지만, 우리는 그 후에도 종종 연락을 하고 얼굴을 보며 지냈다. 우리의 스토리는 일반적인 것이 아니었다.

"형 나중에 작품 하면 꼭 같이 하고 싶다."

내가 한국영화아카데미에서 만든 〈선량한 인간들의 도시〉를 홍대에서 열린 어느 한 영화제에서 본 그의 말이었다. 나는 너무도 기뻤다. 그와 같은 능력자가 선뜻 나를 도와준다니, 이 어찌 기쁘지 아니한가! 나는 그 말을 가슴 깊이 품고 있었다.

그렇게 시간이 흐르고 나에게 거짓말 같이 불현듯 하늘에서 장편 애니메이션을 할 수 있는 기회가 주어졌다. 나는 맨 처음 그의 이름을 떠올렸다. 바로 그에게 전화를 했다. 그는 공익근무 중이었다.

"같이 장편하자!"

하지만 그는 고민하기 시작했다. 소집해제 후 바로 작업을 해야 한다는 부담감과 휴학을 하기 싫다는 두 가지 상황이 충돌했다. 그럼에도 나는 그의 동네까지 찾아가 설득했다.

"같이 열심히 한번 해봅시다!"

그가 긍정의 답을 보내왔다. 나는 천군만마를 얻은 듯했다. 큰 걱정거리가 단번에 사라졌다. 그는 소집해제 후, 바로 작업에 착수했다. 그는 역시 성실했다. 물론, 여전히 센 어조는 사라지지 않았지만, 나는 그의 마음을 알기에 모든 것을 받아들일 수 있었다. 나는 엄청난 기대감에 부풀어 있었다. 나는 결국엔 그가 나의 조연출이 될 것이라는 것을 의심하지 않았다. 그가 배경 설정을 총괄하고, 캐릭터를 디자인하고, 나와 같이 스토리보드와 레이아웃을 짜면 우리는 분명 좋은 작품을 만들 수 있을 것이었다. 하지만, 하지만….

"신이시여, 행복은 왜 오래 갈 수 없는 것입니까?"

　　그가 학교에 복학하면서 상황이 역전되기 시작했다. 자신감에 넘쳐 배경 설정
을 총괄하는 미술감독과 캐릭터 디자인의 막중한 임무를 맡은 그가 하나씩 직책을
내려놓기 시작했다. 결국 그에게 남은 것은 캐릭터 디자인으로 좁혀졌다. 그리고
그가 출근하는 날이 기하급수적으로 줄었다. 그를 전적으로 신뢰하고 믿었던 나는
당황하지 않을 수 없었다. 심지어 그는 오랜만에 출근해서 현재 학교에서 만들고
있는 자신의 작품에 도움을 청하는 질문만 잔뜩 늘어 놓고는 그 작품에 대한 모임이
있다며 일찍 퇴근하는 경우도 종종 생겼다. 그에 대한 신뢰가 점점 바닥으로 떨어
지고 있었다. 캐릭터 디자인 마감 기한은 점점 다가왔지만, 그는 작업을 끝내지 못
했다. 기간이 눈덩이가 불어나듯 늘어났다. 불안감이 엄습했다. 분명 기간을 지키
지 못할 것이다. 그것은 스케줄에 큰 차질을 불러왔다. 나는 그에게 차라리 캐릭터
클린업 스태프를 구해서 빨리 마무리 해달라고 부탁했다. 그러나 그는 자신이 하
겠다며 거절했다. 그리고 기간은 또다시 늘어났다. 그럼에도 나는 그 순간까지 그
의 평판을 지켜주고 싶었다. 그렇다. 나는 정말 바보 같았다. 결국 최후의 봉책으로
나의 사비를 써서 클린업 스태프를 구하게 했다. 그렇게 캐릭터 작업이 마무리되는
시점에 나의 장편 작업이 무너져 내렸다. 중간 심사에 통과하지 못한 것이다. 그는
남아있는 잔금을 받고 떠났다. 하지만, 나는 이 작업을 포기할 수 없었다.

　　"아직 캐릭터 작업이 마무리 된 게 아니니까 몇 달 후에 2차 작업을 좀 해주라."
　　"네 알겠어요. 작업은 끝까지 마무리 할게요."

　　그의 한마디에 무너졌던 신뢰가 살아나는 느낌을 받았다. 아직 희망의 불씨

는 꺼지지 않았다.

　약속한 몇 달 후 나는 그를 다시 불렀다. 하지만 그는 예전의 그가 아니었다. 나는 당황할 수밖에 없었다. 내 앞에 앉아 있는 그가 너무 낯설게 느껴졌다. 그의 말투와 표정. 그가 하기 싫어한다는 것이 너무도 분명하게 느껴졌다. 그의 이마에 불현듯 나타난 글자가 나를 슬프게 했다. 그럼에도 그는 꾹꾹 참아 내며 추가된 캐릭터를 만들고, 설정이 바뀐 캐릭터를 수정했다. 그렇게 좋게 좋게 마무리되어 가는 듯했다. 그러던 어느 날, 지하철 막차를 타고 집에 가는 나에게 전화 한 통이 걸려왔다. 그였다. 그는 작업량이 너무 많다며 버럭 화를 내기 시작했다. 그의 말투에는 나에 대한 격렬한 증오심이 녹아 있었다. 그의 일방적인 통보는 지금 하고 있는 작업물 외에 추가되는 다른 작업은 절대 하지 않겠다는 것이었다. 자신의 작업을 해야지, 더 이상 남의 작업을 하고 싶지 않다는 말 또한 덧붙였다. 그리고 툭— 내 말이 끝나기도 전에 전화를 끊어 버렸다. 나는 이해할 수 없었다. 장편 애니메이션 캐릭터 디자인의 작업물이 많다는 건 누구나 알고 있던 것이 아닌가? 캐릭터 디자인은 작품의 작화가 끝날 때까지 세세한 추가사항이 뒷받침되어야 하는 게 기본이 아니던가? 그는 나보다 애니메이션을 오래 하지 않았나? 자신의 이름 석자를 걸고 하는 모든 작업은 자신의 작업으로 생각해야 하는 것 아닌가? 그것이 크레디트의 무게감 아닌가? 돈이 적었나? 그래, 적었겠지. 근데 어쩌지? 이 적은 프리 프로덕션 제작비 내에서 가장 큰 부분을 그에게 떼어 줬는데? 더 이상 줄 수 있는 돈은 없잖아? 그걸 모르는 아이는 아닌데? 모든 상황을 가장 가까이에서 보아 왔는데? 나는 혼란스러웠다. 점점 화가 치밀어 올랐다. 하지만 그것도 잠시, 곧 순식간에 사그라졌다. 슬퍼졌다. 나와 그와의 관계가 이런 식으로 일방적으로 끝내 버릴 정도로 가벼운 것이었는가 하는 깊은 의문이 들었다. 다른 사람도 아니고 그와 나의 지나온 관계로 비춰 본다면, 분명 차분하게 좋은 말로 이야기해도 될 아주 간단한 문제였다.

창백한 얼굴들

아, 그렇다. 그에게는 그런 무게였을지도 모른다.

깨달음은 뒤늦게 찾아온다. 그것이 나를 더욱 아프게 한다. 나는 그의 모든 것을 오해하고 있었는지도 모른다. 2007년 첫 만남에서부터 뚜뚜 거리는 핸드폰을 들고 있던 2012년 지하철에서까지 모든 것은 나의 오해에서 시작되었을지도 모른다. 사람을 너무 쉽게 판단했다. 그리고 믿었다. 결국, 모든 것은 돌고 돌아 나에게 아프게 되돌아온다.

해답이 없는 이 상황에서 조금이라도 폭탄을 피해갈 수 있는 방법은 작화 감독이 최대한 캐릭터 액팅을 맞추는 방법과 캐릭터 일부분을 둥글게 가는 방법 밖에 없었습니다. 불행 중 다행으로 작화 감독님은 흔쾌히 이를 받아 주었고, 그 누구보다 이 작품의 작화를 잘 살려내기 위해 고생했습니다. 그러나 결과적으로 〈창백한 얼굴들〉의 액팅은 첫 번째 선택에서 자유로울 수 없었습니다. 역시 경험은 무시할 수 없습니다. 몇 번의 단편을 만든 미천한 경험. 애니메이션 업계와 함께 일해 본 적이 없는 경험. 저에겐 알 수 없는 것들이 너무 많았습니다. 오로지 예쁘게 보인다는 이유로 선택한 결과가 거대한 나비효과가 되어 액팅의 퀄리티를 결정했습니다. 너무 아쉽습니다.

특별한 것이 반드시 좋은 것만은 아니다.

이 사실을 다시 한 번 가슴 아프게 깨닫는 계기가 되었습니다.

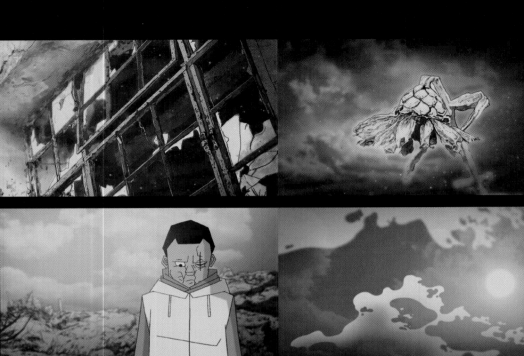

창백한 얼굴들

창백한 얼굴들

창백한 얼굴들

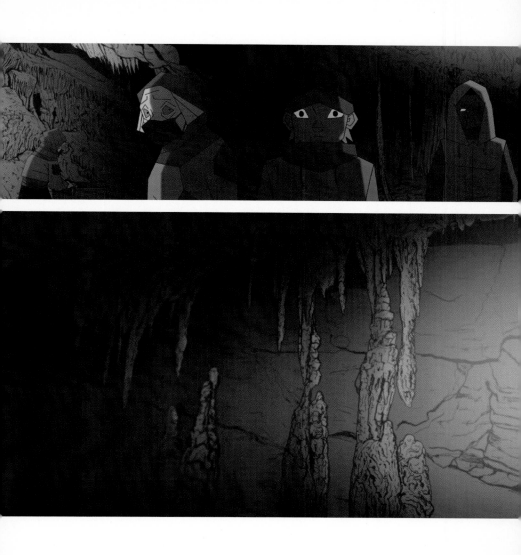

창백한 얼굴들

008
카우보이 비밥

현상금 사냥꾼

저예산의 제작비. 전무한 인맥. 이런 상황에서 좋은 스태프를 구한다는 것은 하늘의 별 따기보다 어려웠습니다. 아니, 그것은 불가능하다고 말할 수 있습니다. 같이 작업할 수 있는 최소한의 능력을 갖춘 스태프, 단 1명을 찾기 위해 꼬박 한 달 이상의 시간이 필요했습니다. 그것도 오로지 감독이 직접 각종 사이트에 공고를 올리고, 여기저기 전화를 하고, 직접 발로 뛰어 찾아내야 했죠. 프로듀서는 '나는 팀으로는 소개시켜 줄 수 있는데, 개인은 힘들다. 아는 사람이 없다'는 말로 저에게 더 이상 도움을 주려 하지 않았습니다. 그는 항상 그런 식이었죠. 그저 강 건너 활활 타오르는 불을 구경하는 구경꾼과 같았습니다. 싸우는 것에도 지친 저는 몸과 정신이 망가지더라도 혼자 해내야 했습니다.

그러나 없었습니다. '유니콘'과 '용'처럼 상상 속에나 존재하는 것들인 양 도무지 찾을 수 없었습니다. 아무도 그 금액에는 그림을 그리고 싶어하지 않았죠. 프로는 돈으로 연결되기 마련입니다. 하지만 저에겐 그 이상 줄 수 있는 제작비가 없었습니다. 저는 대타이고, 이전에 진행하던 프로젝트에서 소요된 금액은 보상해 주지 않는다는 방침. 거기에 더해 한 번 엎어진 작업으로 인해 제작비는 턱없이 부족한 상황이었습니다. 네, 방법이 없었습니다. 그래도 그 금액들은 한국영화아카데미 장편 애니메이션 제작연구과정 역사상 가장 최저의 제작비에서 최대한 뽑아 낸 금액들이었습니다.

4개의 작품을 만들어 온 한국영화아카데미 장편 애니메이션 제작연구과정. 이제 더 이상 순수한 사람들을 '열정'이란 이름으로 끌어들이기엔 너무 많은 것이 알려져 있었습니다. 사람들의 순수한 열정을 최저 임금으로 착취하며 작업물을 만 들어 내는 것은 이제 불가능해졌죠. 모든 것은 '단가'로 책정됩니다. 그리고 사람들 의 열정 또한 '단가'의 높고 낮음으로 결정됩니다. 이것은 생태계의 당연한 생리입 니다. 적은 단가의 작업에 열정을 다해 작업할 수 있는 사람을 찾는 것은 바다 속에 빠뜨린 반지를 찾는 것과 같습니다. 하지만 그때의 저는 현실을 알지 못했습니다. 여전히 '열정'의 환상 속에 빠져 있었습니다. 그런 현실 감각을 상실한 저는 스태프 를 구하는 방법 때문에 많은 오해를 사게 되었습니다. 그 오해들이 '업보'로 변해 저에게 날카롭게 날아왔는지도 모르겠습니다. 상처들을 감수해야 했습니다.

저는 현상금 사냥꾼이었습니다. 그 중에서도 실력이 형편 없는 현상금 사냥 꾼이었습니다. 저에겐 선택지가 거의 없다시피 했습니다. 그저 작업을 어떻게 해 서라도 진행시킬 수 있는, 그저 기본이라도 할 수 있는 사람. 그런 사람이라도 찾게 된다면 감사함을 느끼고 같이 작업을 진행했죠. 그들의 인성과 생활습관은, 그때 저에게 있어 중요한 것이 아니었습니다. 하나라도 손이 더 필요했습니다.

큰 틀이나 중요한 사항은 각 파트의 관리자가 처리할 수밖에 없었습니다. 다 행히도 가장 중요한 작화감독과 배경감독은 그것을 처리할 수 있는 능력이 있었습 니다. 그것마저 없었다면 저는 이 작품을 만들 수 없었을 것입니다.

가난하고 인맥 없는 현상금 사냥꾼은 홀로 사냥에 나서야 합니다. 감독은 스 태프 비용이 들지 않기 때문이죠. 감독에게 인건비란 없습니다. 그러므로 감독이 최대한 많은 부분을 처리한다는 것은 곧 제작비를 아끼는 것과 같습니다. 그렇기에 저는 스토리보드, 애니메틱 릴, 배경 설정, 캐릭터 설정, 레이아웃, 작화, 채색, 합성에 이르기까지 거의 모든 부분에 상당량의 지분을 소유하게 됩니다. 스스로 최대한 많은 양을 처리해 제작비를 아껴야 했습니다. 물론, 시간에 비례하여 연출을 생각할 시간이 극도로 줄어들게 되지만, 작품을 만들 수 없게 되는 것보다는 행복하다고 할 수 있습니다. 네, 그렇습니다. 장편 애니메이션의 모든 것은 '사람'입니다. 그리고 저에겐 '사람'이 없었습니다.

009
일기 10

2 0 1 3   1
0 6 . 1 4   수레바퀴처럼 끝없이 반복되는 하루하루에서

　　　　　　　나는 나 스스로가 얼마나 비루하고 남루한 인간인지

나의 연락처 안에 있는 사람들에게

얼마나 형편없는 인간으로 평가 받는지

31년간 지나온 시간들에 대한 처벌을 받는다.

나는 이방인이다.

나는 그저 받아들일 수밖에 없다.

꾸역꾸역 위장 깊숙이 쑤셔 넣는다.

나의 업보는 너무 배가 부르다.

2

입 밖으로 꺼내진 괴로움은 괴로움이 아니라는 신념으로

인터넷 공간에 개인적인 말들을 쓰며 살아왔다.

하지만, 나를 제외한 모두는 그렇지 않은 듯하다.

나는 단순히 똥을 싸질러 놓은 것으로 그들에게 비춰진다.

137
창백한 얼굴들

그토록 구역질 나는 냄새를 풍겼던 것인가.
오해를 받으며 글을 쓰기 싫어
페이스북을 없애고, 트위터를 없앤다.
나는 나의 배설물을 깔끔히 치운다.

3
결국 혼자다.
항상 그래왔다.
그들이 나를 버렸다기보다,
내가 그들을 그렇게 만들었다.
나는 미천하고 나약한 인간이다.
어쩌겠나, 그게 나다.

나만의 싸움이다.
질 순 있어도 포기는 하지 않겠다.
그리고 이 모든 것이 끝나면
당당하게 떠나겠다.

창백한 얼굴들

010

부당거래

혼자서는 장편을 할 수 없다, 하지만

스태프를 구성하며 저에게는 목표가 있었습니다. 항상 기회가 된다면 반드시 시도해 보고 싶은 것이었습니다.

1. 노동착취를 하지 않는다.
2. 인간적이며, 가족적인 분위기를 만든다.

시나리오 작업과 동시에 설정 작업을 진행하면서 저는 위의 두 가지 사항을 꼭 지키려고 부단히 노력했습니다. 심지어 첫 달에는 매일 출근이 아닌 주 3일 출근으로 스태프들의 가능성을 끄집어 내려고 했죠. 하지만 결과는 전혀 달랐습니다. 열심히 해줄 것이라 믿었던 스태프들은 출근하지 않는 날 작업을 대충대충 하거나 전혀 하지 않는 중고등학생 같은 행태를 보였던 것입니다. 아무리 아름다운 자유를 준다고 해도 그것을 누릴 수 있는 성숙함이 그들에겐 없었습니다. 결국, 주 5일제 출근으로 바꿀 수밖에 없었죠. 저의 목표에 서서히 금이 가고 있었습니다. 하지만 바보 같은 저는 그것을 별로 대수롭지 않게 여기고 작업을 진행했습니다. 믿음의 논리를 멍청하게도 굳게 믿고 있었던 것입니다. 국가대표 축구 경기도 아닌데 말이죠.

　적지 않은 스태프들이 〈창백한 얼굴들〉을 거쳐갔습니다. 그리고 결과적으로 차후에 다시 작업하고 싶은 스태프는 한 손에 꼽아도 남을 정도로 적은 숫자였습니다. 슬픈 일입니다. 무척이나 슬픈 일입니다. 감독과 스태프의 선을 넘고 예의를 지키지 못하는 사람. 작업하러 온 건지 놀러 온 건지 분간을 못하는 사람. 자기 작품을 해야 한다며 엉성하게 마무리를 하고 오히려 화를 내는 사람. 작품이 채 끝나지도 않았고 자신에게 저작권이 있는 것도 아닌데 무턱대고 자신이 그린 그림을 가져가겠다고 우기는 사람. 나이 많다고 쓸데없는 생떼를 부리는 사람. 느닷없이 연락을 끊고 잠수를 타는 사람. 마감을 코 앞에 두고 못하겠다고 일방적으로 통보하는 사람 등, 여러 스태프들이 여러 방식으로 저를 떠나갔습니다. 이것은 친분이 있거나 없거나 상관이 없었습니다. 아니, 친분이 있으면 더욱 더 심한 방식으로 저에게서 떠나갔습니다. 차라리 이전에 아무런 인연이 없던 스태프들이 더 열심히 성실하게 작업해 주었습니다. 참으로 아이러니하지 않나요? 이전에 제가 물심양면으로 도움을 주었던 오랜 지인들이 더욱 심하게 상처를 주고 사라지는 바로 이런 현실 말입니다. 그렇게 제 의지와는 상관없이 사람을 잃어갔고, 지금도 잃고 있습니다.

　결국, 저의 만족을 채우기 위한 욕심이었습니다. 저는 그렇게 친절하지도 착하지도 않은 사람이었으나, 장편을 잘 해보겠다는 그 열망 하나로 성격을 바꿔 가면서까지 노력했던 저의 욕심. 그저 저는 교차로 한복판에서 자위행위를 하고 있었던 것은 아닐까 하는 생각이 듭니다. 분명한 선을 지켜야 했습니다. 갑과 을의 관계로 연결된 노동자. 슬프지만 노동자로만 그들을 대하는 것이 옳은 것이었습니다. 그것이 가장 인간적인 대우일 것입니다. 그 이상의 사이는 모든 작업이 끝난 후로 미뤄 둬도 되는 것이었습니다. 그렇습니다. 호의가 계속되면 그것이 권리인 줄 아는 사람이 너무도 많았습니다.

011
일기 11

2013
06.27

'분명 그 사람은 믿을 수 있어. 내가 힘들 때 분명 나를 도와 줄 거야.' 하지만, 모든 것은 그저 나의 생각일 뿐이었다. 나에게 믿을 수 있는 사람이란 잡을 수 없는 옛사랑처럼 희미하기만 하다. 그것은 그저 지나간 추억일 뿐 아무것도 아니다. 정작 내가 힘들 때 나를 도와 줄 사람이 없다. 내 지나온 시간들과 그 시간들 속에서 마음을 썼던 모든 것들이 물거품처럼 흩날리며 사라진다. 이 일에 마음을 쓰기 시작한 스무 살부터의 인생이 모조리 쓸모 없었던 것인가? 친분이 두터웠던 사이일수록 그 상처는 더욱 커진다. 모두가 일로 엮이면 다른 사람이 되어 버린다. 내가 알던 사람은 어느새 사라진다. 나의 의지와 상관없이 그렇게 사람을 잃어간다. 다시 예전으로 돌아갈 순 없다. 한 사람도 빠짐없이 모두가 그렇다. 그래, 한두 명도 아니라 모두가 그러는 걸 보니, 결국 전부 내 잘못일 테다. 그런데 그 잘못이 무엇 때문인지 나는 도무지 알 수 없다. 정말 알 수 없다.

그래도 나는 해야 한다. 떠나간 사람들의 뒷모습을 보는 시간조차 나에게는 허락되지 않는다. 나는 다시 달려야 한다. 그들의 도움 따위 필요 없다. 부족하고 허접스럽더라도 스스로 해내겠다. 힘들 때 가까이 있는 사람이 진정 내 사람이라는 말이 있다. 이제라도 내 사람을 분별해 낼 수 있으니 어쩌면 행복한 일이다. 그들에게 고맙다.

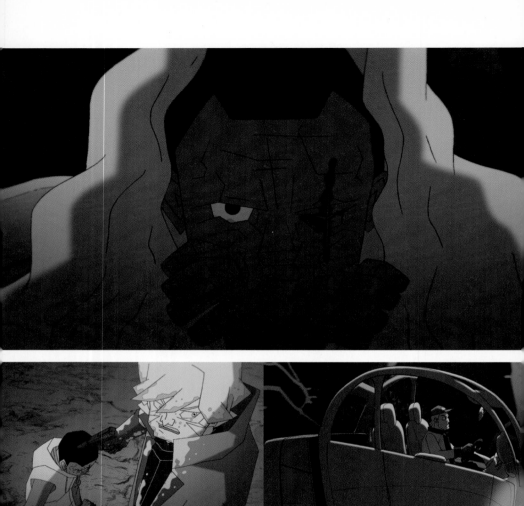

012
나쁜 놈일수록 잘 잔다

해고된 프로듀서와 새로운 프로듀서

한국영화아카데미 장편 애니메이션 제작연구과정에서 프로듀서의 역할은 매우 중요합니다. 오로지 단편만 만들던 감독들의 첫 번째 장편이기 때문입니다. 경험이 있는 프로듀서가 흔들리는 감독을 잡아 주어야 합니다. 하지만, 그것이 제대로 되지 않고 반대로 더욱 흔들어 대는 프로듀서가 있다면, 한국영화아카데미에서 장편 애니메이션을 만든다는 건 '지옥'입니다. 곧 지옥에서 자신의 살을 깎아먹는 고통을 견뎌 내며 작업을 해야 한다는 것을 의미합니다. 저는 확신합니다. 제가 그런 시간들을 보내왔기 때문입니다.

이전 기수 감독들이 모두 다른 사람으로 바꿔 달라고 할 정도로 학생들 사이에서 평판이 좋지 않았던 프로듀서. 하지만 교수님들에게는 좋은 프로듀서. 이 두 가지 온도 차이가 '지옥'을 만들어 냅니다. 결국 같이 작업을 하는 건 교수가 아닌 감독입니다. 대체로 많은 사항들이 감독과의 상의 없이 프로듀서와 교수, 혹은 프로듀서의 독단적인 판단으로 결정됩니다. 직접 연출을 하고 작업을 이끄는 감독은 알 수 없습니다. 그저 결과를 통보 받는 허수아비로 전락합니다.

어느 업체에 어떤 파트를 얼마에 왜 계약했는지?

한 달에 나오는 식비와 재료비를 포함한 제작진행비가 얼마이고 어디에 어떻게 쓰였는지?

이런 간단한 사항들조차 감독은 알 수 없습니다. 돌아오는 대답은 "그건 알 필요 없다. 내 권한이다"라는 문장으로 끝납니다. 물론, 아주 세세한 부분까지 감독이 알 필요는 없습니다. 그것까지 신경 쓰느니 장면 연출을 하나라도 더 신경 쓰는 것이 낫겠죠. 하지만, 공개되어 있는 것을 자연스럽게 확인하는 것과, 알고 싶은 것이 있으나 꼭꼭 숨겨 두고 알 수 없게 하는 것의 차이는 너무도 큽니다. 예산이 어떻게 쓰이는지 파악하는 것도 작품을 만드는 중요한 요소 중 하나입니다. 이것은 분명한 사실입니다.

예산집행 내역의 투명화가 이루어져야 합니다.

투명화가 되지 않으니 어디에 어떻게 얼마가 쓰이는지 프로듀서만 알게 되고, 프로듀서는 그것을 권한이라 칭하며 감독들에게 가르쳐 주려고 하지 않는 이상식적으로 이해가 되지 않는 현실. 그것은 곧 '불신'을 낳게 됩니다. 대화로 간단하게 해결할 수 있는 일을 더 복잡하게 만드는 꼴이죠. 강력한 차단막을 치고 손가락 하나라도 들어오지 못하게 한다면, 규정을 새로 만들어서라도 투명화를 해야 한다고 생각합니다. 그렇지 않다면 소중한 제작비가 한 사람의 독단적인 행동으로 쓰여지게 될 수도 있는 극단적인 결과를 낳을 수도 있습니다. 후에 프로듀서가 해고되고 나서야 통장을 확인하고 전혀 알지 못하는 사항들이 주르륵 찍혀 있는 것을 보게 되는 현실. '불신'은 더 눈덩이처럼 불어나기 마련입니다.

프로듀서는 동반자입니다.

프로듀서는 교수가 아닙니다. 프로듀서는 감독과 함께 같은 작업을 하는 작업자이고 그것은 서로 도우며 같은 길을 걸어간다는 것을 의미합니다. "알지 못하는 것은 도와줄 수 없다"라는 말은 있을 수 없습니다. "알지 못하는 것은 어떻게든 알아내서 도와주겠다"가 맞는 것이겠죠. 이건 기본입니다. 이런 것으로 서로 목소리를 높이는 것만큼 시간을 낭비하는 일은 없습니다. 프로듀서는 그저 책상에 앉아 영수증만 확인하고, 도와줄 수 없는 부분은 감독이 직접 발로 뛰고 해결하면서 작업까지 진행한다? 과부화가 걸릴 것은 불을 보듯 뻔한 일입니다. 결국 작업이 망가지는 모든 책임은 감독이 짊어질 것입니다. 모든 비난 또한 감독에게 향할 것입니다. 프로듀서는 감독이 연출에 최대한 전념할 수 있도록 도와주어야 합니다. 그것이 작품의 질을 높일 수 있는 유일한 길입니다. 그것이 서로 간의 '신뢰'를 만들어 낼 것 입니다. 그렇지 않다면 '프로듀서'가 있을 이유가 없습니다. 크레디트에 'Producer'라고 적혀 있다고 프로듀서가 되는 것은 아닙니다.

희극적이고 아름다운 이별
허범욱

그는 해고 통보를 받았다. 이미 예전부터 해고의 조짐을 감지하고 있던 그는 언제라도 나갈 수 있다고 공공연하게 떠들어 대곤 했다. 설마 이 장편 작업이 언제라도 버릴 수 있는 하찮은 것이라고 생각하는 것일까? 아니다. 절대 아닐 것이다. 그런 사람이 국가기관인 한국영화아카데미에 5년 동안 버젓이 '프로듀서'라는 직함을 달고 있을 수가 없다. 아무리 대통령이 이상하다지만 대한민국은 그런 나라가 아니다. 나는 그의 그 말들이 강한 척하는 남자의 전형적인 두려움 숨기기라고 생각했다. 그렇기에 기분은 나빴지만 큰 의미를 두지 않았다. 그러나 그것은 진실이었는지도 모른다. 자신감이 냉탕에서도 넘쳐흐르는 대물 아저씨의 명확한 진실처럼 말이다. 그는 해고 통보를 받은 즉시, 아무런 동요 없이 당연하다는 듯, 마치 이제 이 지긋지긋한 곳을 떠나게 돼서 진심으로 신이 난다는 듯 자신의 짐을 챙겼다. 나는 그것이 하나의 퍼포먼스로 보였다.

"설마. 에이 설마."
"응? 뭐야? 진짜야?"

내 표정은 점점 보톡스를 쏟아부은 것처럼 굳어지기 시작했다. 극심한 분노가 요동치기 시작했다. 나는 어디까지 하나 보자는 마음으로 계속 그의 행동을 뚫어지게 쳐다보았다. 그는 매우 섬세하면서도 성실한 사람이었다. 침착하게 짐을 자신의 흰색 SUV 차량에 옮기는 그 모습들. 참 대단한 사람이다. 그는 이미에 송글송글 고인 땀을 닦으며 열심히도 짐을 옮겼다.

"범욱 씨, 마지막으로 커피나 한 잔 사줘."

짐을 다 옮기고 트렁크 문을 쾅 닫으며 그는 나에게 이렇게 말했다. 나는 그의 이 말이 매우 희극적으로 들렸다. 그가 프로듀서였을 때, 내가 그에게 똑같은 제안을 했던 것이 생각났기 때문이다. 그는 나에게 특별한 일을 제외하고 제작비로 아메리카노를 사먹는 것은 안 된다고 못 박았다.

"그래, 이것은 특별한 일이겠지. 세상에서 가장 특별한 일이야."

우리는 근처 커피 체인점에 들어갔다. 나는 죄를 지은 것 같은 떨리는 목소리로 아메리카노를 주문했다. 그런데 그는 놀랍게도 자몽에이드를 주문하는 것이 아닌가! 아~ 나는 아르키메데스가 순금 왕관의 진실을 알아내는 것과 같은 거대한 깨달음을 느꼈다.

"유레카!"

그렇다. 그만두는 순간에도 마지막 자존심을 지키며, 특별해지고 싶지 않은 그의 마음을 내가 오해했던 것이다. 나는 정말 나쁜 놈이다. 몇 번이고 반성하며 제작비 카드를 점원에게 건넸다. 영수증을 주머니에 쑤셔 넣고 밖으로 나오니 해가 뉘엿뉘엿 지고 있었다. 불그스름한 빛이 온 세상에 퍼지는 것이 마치 그가 들고 있는 자몽에이드의 빛깔과 같았다. 이 아름다운 풍경을 뒤로하고 그는 미소를 지으며 떠나갔다. 나는 그의 떠나는 뒷모습을 바라보며 그가 큰 돈을 벌어 무한한 행복을 얻길 빌었다. 우리는 그날 그렇게 희극적으로 아름답게 이별했다.

2013년 4월. 프로듀서가 교체되었습니다. 메인 작업이 시작되려는 찰나에 프로듀서가 교체되는 초유의 상황이었습니다. 머리로는 이해할 수 없지만, 가슴은 모든 것을 이해하고 있었습니다. 미묘한 감정이 저를 휩싸고 돌았습니다.

어서 와, 이런 폭탄은 처음이지?

숨어 있던 폭탄들이 하나 둘씩 차례대로 터지기 시작했습니다. 제대로 이루어지지 않은 인수인계. 없어진 예산 서류들. 남아 있는 서류들마저 정확하지 않았습니다. 지금까지 어디에 얼마를 썼고, 얼마가 남아 있는지 확실히 알 수가 없었습니다. 이 얼마나 비상식적인 상황입니까? 새로 온 프로듀서는 그것을 일일이 대조해 가며 확인했습니다. 저는 그것에 대한 추가 조언을 아주 일부만 할 수 있었습니다. 투명하지 않은 사항들이 만들어 낸 직접적인 결과라고 생각합니다.

정리가 되지 않은 예산 집행 내역으로 작업의 속도는 거의 멈추다시피 되었고, 그것은 늘어지는 작업 스케줄의 중요한 한 부분이 되었습니다. 그럼에도 이 폭탄들의 거대한 핵융합을 막을 수 있었던 것은 순전히 새로 온 프로듀서의 노력 덕분입니다. 그는 모든 사항들을 저와 함께 상의했습니다. 비록 현실적으로 바꿀 수 있는 일이 크게 없었지만, 그 미세한 가능성 앞에서 제가 원하는 방향으로 갈 수 있게 최대한 길을 만들어 주었습니다. 모든 것이 매우 상식적인 선에서 해결되었습니다. 물론, 예산 집행 또한 투명화되었습니다. 이제 우리에겐 저 앞에 널려 있는 폭탄들을 잘 해체하거나 피해갈 수 있는 방법을 연구하는 것. 이것만이 남아 있었습니다. 〈창백한 얼굴들〉의 퀄리티는 결국 그 연구 결과에 달려 있었습니다. 우리는 같이 머리를 싸매고 앞으로 달릴 수밖에 없었습니다.

창백한 얼굴들

김기환 프로듀서의 시선

새로운 도전

대학 시절 아무것도 모른 채 시작한 제작 프로듀서 업무를 진행한 지도 어느덧 3년, (주)오콘에서 〈뽀로로〉 극장판 〈슈퍼썰매 대모험〉에 참여한 후 머리도 식힐 겸, 또 쉼 없이 달렸던 업무에서 벗어나 휴식기를 맞이할 겸 오사카로 여행을 떠났다. 걷고 또 걷고, 보고 또 보면서 마음과 머리를 비운 상태로 돌아와 20대의 마지막을 맞이하게 되었다. 나 혼자만의 생각인지, 또 모든 아홉 수를 맞이한 사람들의 공통된 생각인지는 잘 모르겠지만 왠지 인간으로 태어나 세상을 살아가는 데(특히 대한민국에서 30대의 책임감) 가장 중요한 시점에 다다른 것 같은 압박감을 떨쳐버릴 수 없었다.

　　머릿속에 떠오르는 것은 '책임' 이라는 단어뿐이었고 경제, 결혼, 자아실현 등 내가 이루어야 하는 것들에 대한 책임감이 머릿 속을 차곡차곡 채워갔다. 10대에나 고민해야 하는 '나는 무엇을 해야 하는가?' 를 이제 와서 고민하고 있다는 것이 조금 슬프게 다가왔지만 다른 한편으로는 내가 그저 시간을 흘려 보내는 것이 아니라 고민하고 답을 찾는 사람이라는 생각에 만족감도 들었다.

　　사람을 좋아하고 이래저래 오지랖이 넓었기에 프로듀서라는 일은 내 적성에 잘 맞았고 이를 잘 활용해 새로운 도전을 하고 싶던 중 갖가지 게임회사들의 PM,

콘텐츠 기획, 한창 주가를 올리고 있는 소셜커머스의 MD 나 PM 쪽에 눈을 돌리게 되었다. 어느덧 '애니메이션' 이란 단어는 이력서의 한 줄 정도로 멀어지고 있었다.

　　시간이 흘러 일을 쉰 지 4개월이 지나던 어느 날 대학교 지도 교수님이었던 나기용 교수님(한국 독립애니메이션 협회장, 청강문화산업대학교 애니메이션과 전임교수)으로부터 연락을 받았다. '오콘에 잘 다니고 있니?' 단순히 안부를 물으시는 줄 알았는데, 교수님께서 한국영화아카데미 이야기를 꺼내셨다. 〈마리 이야기〉를 만든 이성강 교수님 밑에서 애니메이션 제작과정 친구들을 돕는 업무라고 소개를 하시고 혹시 생각 있으면 연락을 달라는 말로 통화를 마무리지었다. 전화를 끊은 뒤 한동안 생각에 잠겼다. 이렇게 저렇게 새로운 도전 영역을 찾다가 영화를 생각해 본 적도 있었고 회사가 아닌 아카데미에서 생활하는 게 조금 새로울 것 같다는 막연한 짐작도 스쳐갔다. 이제 쉴 만큼 쉬었다는 생각도 들었고 슬슬 일을 다시 시작하고 싶다고 느낄 무렵 발생한 이 상황은 나에게 좋은 기회가 될 것만 같았다. 다음 날 교수님께 연락을 하고 교육제작팀 황동미 팀장님께 이력서를 보냈다.

　　이력서를 보낸 뒤 며칠 지나지 않아 바로 면접이 잡혔다. 지하철 2호선 홍대입구역에서 10분 거리. 그림을 그리는 사람에게 나름의 로망인 홍대 앞에 위치해 있다는 것에 내심 기뻐하며 조금 일찍 가서 커피 한 잔을 마시고 아카데미 건물에 들어섰다. 건물이 낮익었다. 지나가다 본 적이 있었다. '뭐지 이 허름한 건물은? 교육기관 치고는 너무 작은 것 아닌가?' 라는 생각을 했던 곳이었다. 엘리베이터도 없는 이 건물 5층으로 숨을 몰아 쉬며 단숨에 올라가 숨을 고른 뒤 안으로 들어갔다. 전화 목소리만으로는 꽤 어릴 것으로 생각했던 황동미 팀장님이 팀장의 내음을 풍기며 앉아계셨고 최익환 원장님과 이성강 감독님이 나를 맞아 주셨다. 바로 시작된 면접. '왜 프로듀서를 하려 하는가?', '감독이 되고 싶지는 않은가?', '학생이자 감독인 사람과 문제가 생겼을 때 어떻게 할 것인가?' 등 프로듀서의 기본 자질에 관한 질문들이 쏟아졌고 성격상 꾸밈이 없는 편이기에 가감 없이 내 생각을 쏟아냈다. 세 분의 표정을 읽을 수 없었다. 합격인지 아닌지 자신감이 결여된 상황에서 발걸음을 돌렸지만 늘 그렇듯 내가 할 수 있는 최선을 다했기에 후회는 없었다. 며칠 뒤 황동미 팀장님께 연락이 왔다. '아카데미 애니메이션 과정 프로듀서에 채용되었으니 하루 이틀 먼저 나와 전임자에게 인수인계를 받았으면 합니다.'

이틀 뒤 전임자의 사정으로 생각보다 일찍 인수인계를 받게 되었다. 현재 총 세 개의 프로젝트가 진행 중이며 제작연구과정(한국 영화아카데미는 1년간 정규과정으로 단편실습을 한 뒤 제작연구과정에서 장편을 제작한다) 장편 애니메이션 5기인 허범욱 감독의 〈창백한 얼굴들〉과 6기 박혜미 감독의 〈화산고래〉, 또 박민, 김시진, 진성민 감독의 옴니버스 프로젝트는 각자가 프로듀서 역할까지 맡아서 하기 때문에 허범욱 감독과 박혜미 감독의 프로젝트에 집중하면 된다는 이야기를 들었다. 인수인계가 시작되었으나 실제 프로젝트가 얼마나 진행되었는지 무슨 문제가 있는지에 대한 상황은 알 수 없었고 전도금, 정산, 제작진행표 등 문서상황에 대한 업무 인수인계가 주로 이루어졌다. 어느 정도 인수인계를 마무리하고 다음날 감독들과 식사약속을 한 뒤 부푼 마음으로 집에 돌아왔다. 다음 날 점심식사 자리에 함께 자리한 수많은 감독 및 스태프들이 모두 특색 있어 보였다. 독립애니메이션 감독이란 이름 아래 과하게 개성을 과시하는 사람이 있지는 않을까 걱정이 앞섰으나 다행히 모두 좋은 사람들로 보였다. 커피까지 한 잔 한 뒤 해가 지는 홍대 앞을 지나가며 새로운 시작의 기대감을 품고 집으로 돌아왔다.

처음은 늘 낯설게 마련이다. 특히 익숙하지 않은 장소라면 학교든 회사든 모든 게 낯설고 어려운 것이 당연하다. 2013년 4월 1일 한국영화아카데미로 첫 출근하는 발걸음은 가벼웠지만 책상, 의자, PC, 사무실 그 어느 것이나 내 것이 아닌 느낌이었다. 아무도 없는 사무실. 한 사무실에 있는 허범욱 감독(이하 범욱 씨)은 전날에도 작업을 하고 늦게 오는 모양이었다. PC를 켜고 인수인계 할 때 봤던 문서들을 다시 한 번 자세히 들여다 봤다. 서버에 있는 파일들도 꺼내 보고 사무실에 있는 물품들도 조금씩 살펴 보았다. 오전 10시쯤 범욱 씨가 사무실에 나왔고 간단한 인사와 이런저런 프로젝트에 관한 이야기를 나눈 뒤 각자 책상에 앉아 업무를 진행했다. 항상 그렇듯 첫 출근 날은 할 일이 없다. 아니 정확히는 할 수가 없다는 말이 맞을 것 같다. 잠시 후 작화 연출 감독님인 이병관 감독님이 오셨고 함께 이런저런 이야기를 나누었다. 상당히 신사적인 느낌의 이병관 감독님은 미국에서 작화 일을 하셨고 국내에서도 발이 꽤 넓은 분 같았다. 다시 각자의 업무로 돌아갔다. 정적이 흐르고 나는 꿔다 놓은 보릿자루처럼 앉아서 마우스를 딸각거리다 퇴근했다. 그렇게 긴 하루가 지나갔다.

시간이 흐른 후 드디어 〈창백한 얼굴들〉의 제작 상황을 파악하기 시작했다. 프리 프로덕션은 마무리되었으며 레이아웃 작업과 배경 작업이 약 80퍼센트 정도 진행되어 있었는데 황동미 팀장님을 통해 전해 들은 마감 일정에는 전혀 부합되지 않는 상황이었다. 7월 말 마감해서 부산국제영화제가 목표이며 이미 제작을 시작한 지 1년이 넘었다는 것을 감안할 때 말이 되지 않는 상황이었다. 나는 적잖이 당황한 기색을 감출 수 없었다. 남은 시간은 약 4개월, 전임자로부터 예산 상황이나 계약과 관련된 문서를 전혀 받지 못한 상황에서 섣불리 움직일 수 없었고 움직이지 않을 수도 없는 상황이었다. 일단 꾸준히 일하는 것 외에 할 수 있는 게 없었다. 황동미 팀장님께서 전임자와 약간의 이해 차이로 중간에 내가 투입되었다며 조금 난감하겠지만 빨리 적응해서 일을 진행해 주었으면 한다고 말씀하셨다. 문제를 해소하기 위해 선택한 방법은 범욱 씨와 최대한 많은 대화를 나누는 것이었다. 전임자와 범욱 씨 사이에는 '대화'라는 키워드가 절실했던 것 같다. 범욱 씨 의사와 상관없이 결정된 것이 너무 많았고 이를 이해조차 시켜주지 않아 제작상황은 이미 산으로 가고 있는 느낌이었다. 서로 대단한 이야기를 나누진 않았다. 무엇을 좋아하는지, 최근에 본 영화는 무엇인지, 왜 애니메이션을 만드는지 등 서로에 대해 대화를 나눴고 그렇게 서서히 작품 이야기를 나누며 앞으로 어떤 영화를 만들지 하나의 목표를 향해 나아갔다.

업무를 진행하는 데 있어 어려웠던 점은 제작방식과 시스템에서 오는 사소한 차이들이었다. 대학시절 2D애니메이션을 전공하다 마지막 학년에 프로듀서로 전향, 3D애니메이션 제작 회사에서 제작 프로듀서로 3년간 일했다. 그 뒤로는 2D애니메이션을 제작해 본 적이 한 번도 없다. 물론 학교에서 2D애니메이션을 열심히 만들었지만 사람은 망각의 동물이 분명하다. 3D애니메이션 제작 프로듀서로 지내온 3년간 내 온몸은 완전히 3D애니메이션에 적응을 마친 상태였다. 3D애니메이션에선 공간을 배치하고 모델링이 완료된 캐릭터를 올려 바로 타이밍을 잡을 수 있지만 2D애니메이션은 어떤 타이밍, 어떤 공간에서 움직일지 이미지만 확인이 가능했기 때문에 감독과 레이아웃 작가의 긴밀한 관계가 유지되어야 했다. 또 감독 자신이 머릿속에 이미지를 갖고 있지 못하면 전혀 이상한 화면이 나와 버렸다. 3D 애니메이션의 경우 리뷰 자체를 데이터 영상으로 하지만 2D애니메이션은 이미지만 보거나 또는 라인 테스트라는 번거로운 과정을 거쳐야 하기에 속도를 내기 어려웠다. 작은 차이지만 결과는 많이 달랐기 때문에 차이의 각도를 점점 줄이는 과정이 필요했고 실수를 반복하며 한 걸음씩 앞으로 나아갔다.

잘못된 만남

작업이 얼마나 진행되었고 앞으로 무엇을 해야 하는지 점점 파악되기 시작했다. 이때 전임자로부터 메일이 왔다. 현재 예산 상황과 일부 계약 건수에 대한 문서였다. 동화업체인 은아프로, 박스무비, 개인으로 계약되어 있던 이상복 씨, 박용호 씨, 소호성 씨, 또 합성업체로 계약되어 있는 위트, 컷아웃과 만화책 시퀀스, 페인팅글라스 등 여러 기법의 개인 작업자까지 수많은 계약 건수가 발생해 있었다. 문제는 계약서가 확실하지 않다는 것. 기존 계약서에 덮어씌워 저장된 것인지 손실이 된 것인지, 사라진 계약서가 많았고 또 금액은 적혀 있으나 작업 내용이 확실치 않아 정확히 어떤 업체(혹은 개인)에 얼마만큼의 일을 배분할 수 있는지 전혀 알 수 없었다. 전임자에게 전화로 연락을 해도 정확한 답변은 들을 수 없었고 아카데미에 있는 문서를 찾아 직접 알아보는 수밖에 없었다. 하나하나 문서를 뒤지는 동안 동화업체인 은아프로가 소호성 씨와 동일하다는 것을 알게 되었고, 옴니버스의 박민 감독님을 통해 박스무비가 문을 닫았다는 것 그리고 이상복 씨는 국내업체를 접고 중국에 있다는 것 등 충격적인 소식을 연일 들었다. 정말 회피하고 싶은 문제들이었으나 결국 풀지 못하면 앞으로 프로젝트가 진행되지 못하기 때문에 이미 집행된 부분과 앞으로 집행될 부분을 하나씩 확인해 나갔다.

이미 대다수의 계약기간이 종료되어 있었고 계약서상 서로 합의하에 제작기간 조율이 가능하다고 되어 있긴 했지만 이미 계약이 종료된 이상, 이 조항도 무의미했다. 해당 업체 또는 개인이 이미 계약기간이 종료되었고 해당 기간 동안 일을 주지 않았기 때문에 일을 못하겠다, 돈도 못 돌려주겠다 해도 전혀 손을 쓸 수 없는 상황이었다. 계약 문제에 늘 민감하고 서로 감정이 상하는 부분이다 보니 쉽사리 연락할 수 없었다. 이병관 작화 감독님, 옴니버스의 박민 감독님의 조언으로 2D업체의 경우 그렇게 빡빡하지 않으며 직접 연락하고 만나서 이야기하면 잘 해결될 거라는 말에 힘입어 각 업체에 연락을 취하기 시작했다.

가장 먼저 D&T 회사를 운영하고 있는 박용호 프로듀서에게 연락을 취하고 사무실로 직접 찾아갔다. 계약기간이 지났지만 현재 레이아웃이 끝난 컷부터 원화를 진행하기 시작했고, 서서히 동화를 할 수 있는 상황이 될 것이다, 최대한 빨리 진행할 테니 작업이 가능한지 정중히 물어보았다. '당연히 해드려야죠. 본격적으로 들어갈 때 연락해 주세요.' 의외로 손쉽게 계약을 이행하겠다는 답변을 들을 수 있었다. 생각보다 호의적인 반응을 얻었기에 자신감을 가지고 은아프로로 향했다. 계약자인 소호성 씨는 원화를 하시는 분이었기 때문에 실제 미팅은 동화 팀을 맡고 있는 소경숙 작화 감독님과 진행했다. 은아프로 역시 상황 설명 후 진행을 부탁 드리자 곧 인원 구성을 하겠다는 답변을 해주었다.

쉽게 일이 풀릴 것으로 예상하고 마음을 놓고 있을 무렵 첫 번째 난관이 찾아왔다. 연락처와 계약 내용조차 확인이 불가능한 박스무비라는 존재였다. 옴니버스의 박민 감독을 통해 들은 정보로는 회사가 없어졌으며, 박스무비의 이름은 Box Movie가 아니라 사장 박병산 감독님의 성을 딴 Park's Movie 라는 것 정도였다. 걱정을 하고 있을 무렵 청강문화산업대학 동문이자 제작연구과정 6기 〈화산고래〉의 작화 감독인 최수명 씨로부터 현재 박병산 감독님이 2D애니메이션 제작업체인 '무아'와 함께 작업하고 있다는 소식을 듣게 되었다. 급히 박병산 감독님에게 연락을 취했고 최수명 씨와 함께 업체를 방문해 동화 진행 여부와 현재 계약이 되어 있지 않은 원화도 함께 하겠다는 긍정적인 답변을 얻었다. 첫 번째 고비를 무사히 넘긴 셈이다.

그런데 한숨 돌렸을 때 또다시 새로운 난관이 다가왔다. 애니메이션 제작상 합성은 가장 마지막 프로세스이기 때문에 여유를 가지고 연락을 하려고 했으나 회사이름과 전화번호만 알 뿐 사장님 이름도 모르는 상황이라 일단 연락을 취했다.

'안녕하십니까? 한국영화아카데미 김기환입니다. 위트 이사님이십니까?' 전화를 받으신 분은 위트의 오성하 이사님이었다. '너무 늦게 연락 드려 죄송하지만 7월부터 합성에 들어가려고 합니다. 혹시 진행이 가능하신가요?' 내부 회의 후 일주일 뒤에 연락을 주겠다는 답변을 듣고 통화를 마무리했다. 당연히 긍정적 답변이 올 거라 생각하며 다른 업무를 진행하던 중 뜻밖의 답변이 돌아왔다. '스케줄이 맞지 않고 그간 영화아카데미와 일해 본 결과 분명 스케줄이 어긋날 것이기 때문에 일을 진행할 수 없습니다.' 이때부터 위트와의 긴 줄다리기가 시작되었다.

한국영화아카데미의 특성상 제작비가 충분하지 않기 때문에 위트에 지급된 전체 합성 금액은 절대 적은 돈이 아니었다. 작업을 못할 경우 일부라도 돌려주실 수 없느냐고 묻자 격양된 목소리로 절대 불가능하다고 말씀하셨다. 머릿속이 하얘졌다. 통화를 마무리한 뒤 대책 회의에 들어갔다. 이성강 교수님, 황동미 팀장님과 함께 회의를 거쳐 첫 번째 계약 사항을 완료하도록 아카데미 측이 직접 미팅을 하기로 했다. 위트와 협상을 시작했다. 일주일 뒤 오성하 이사님이 아카데미로 오셨고 함께 회의를 진행했다. 이성강 교수님은 위트가 2D애니메이션 회사인 DR무비와 긴밀한 관계임을 알고 지인을 거론하며 친근하게 다가간 뒤 몇 가지 사항에 대해 논의하기 시작했다. 부정적인 대답으로 일관하던 위트 측이 될 수 있으면 전부 작업을 진행하되 일정이 미뤄지지 않도록 조율하자고 했다. 일주일 뒤 오성하 이사님으로부터 연락이 왔다. '전부 진행하도록 할 테니 작품 정보를 부탁한다'는 대답이었다. 한편으론 다행이다 싶었지만 부정적인 대답으로 일관하던 업체에서 우리 작품을 잘 진행해 줄지는 사실 의문이었다.

그 뒤 이 모든 상황을 뒤엎는 사건이 발생했다. 바로 범욱 씨가 위트에 대해 격렬하게 반대 의견을 제시한 것이다. 원치 않던 업체인데다 여러 문제까지 발생하고 나니 거부감이 들었던 모양이다. 신뢰가 바닥까지 떨어진 상황에서 같이 작업하는 것은 의미가 없다며 반대의견을 펼쳤다. 말릴 수도, 그냥 받아들일 수도 없는 상황이었다. 이 사항을 아카데미 측에 전달하자 아카데미는 돈을 날릴 수도 또 작품을 하겠다는 위트를 말릴 수도 없는 난감한 상황에 처했고 결국 이를 해결할 수 있는 사람은 범욱 씨와 나밖에 없었다. 이사님께 연락을 드린 뒤 제작회의라는 명목 하에 위트 사무실로 향했다. 처음 시작은 제작 진행 방식에 대한 논의였다. 최대한 위트 쪽이 제작하기 힘든 방향으로 대화를 끌고 갔고 아카데미 쪽에 파견을 보내지 않으면 같이 일하기 어렵다고 엄포를 놓았다.(대화를 이끌어 간 것도 있지만 제작 기간이 얼마 남지 않은 상황에서 이는 절대적으로 필요한 사항이었다.) 오성하 이사님이 난색을 표했고 결국 위트에서 적은 부분만 담당하기로 했다. 이 상황이 너무 힘들었지만 정말 잘한 선택이라고 생각된다. 7월 마감이었던 프로젝트가 무려 12월에 마감되었기 때문이다. 만약 위트와 그대로 진행을 했다면 분명 서로 간에 불신이 더해지고 이도 저도 아닌 상황이 발생했을 것이다. 오히려 제작 기간이 밀려 2014년까지 넘어 갔을 것이다.

큼직한 계약 건들이 하나 둘씩 정리되고 있을 때 내부에서 복병이 나타났다. 원래 이병관 감독님이 원화의 50퍼센트를 진행하기로 계약되어 있었는데(이 또한 전임자가 추진한 것이다.) 스케줄이 얼마 남지 않은 상황에서 더 이상 진행하기 벅차다는 의견을 주신 것이다. 당연히 힘든 상황이었고 추가적으로 원화 인력을 배치해야 했다. 급히 박스무비에 연락해 원화의 일부를 진행해 달라고 부탁하고 컷을 넘겼다. 그런데 예상보다 너무 낮은 퀄리티의 작업물이 도착했다. 이를 어찌 진행할지, 또 다시 긴 회의가 벌어졌다. 범욱 씨는 내부 스태프를 두자고 강하게 제안했고 박스무비에 나간 원화를 회수해 이곳저곳에서 원화 인력을 모집하기 시작했다. 개인적으로 아는 학교 후배는 원화를 할 마음이 없었으며 〈화산고래〉의 작화 감독인 최수명 씨의 추천인들은 몸값이 너무 비싸 같이 일할 수 없었다. 시간은 점점 흘러

가고 동화업체와 약속한 시간이 점점 다가왔다. 마치 외줄을 타는 것 같았다. 이때 범욱 씨가 인터넷에 올린 글을 보고 이현대 씨가 면접을 보러 왔다. 원화를 꽤 해봤으며 개인 포트폴리오를 보니 그림을 상당히 많이 그려본 사람 같아서 계약을 하고 함께 일을 진행했다. 손도 빠르고 디테일을 살리기 위해 열심히 일해 주었으나 현대 씨는 치명적인 단점을 가지고 있었다. 그건 집이 멀고 혼자 자취를 한다는 것이었다. 멀기 때문에 한 번 늦잠을 자면 사무실을 나오지 않는 상황이 자주 발생했다. 결정적인 사건은 영화진흥위원회 행사로 중도금 지급이 늦어지자 그냥 사무실을 나오지 않고 다른 일을 진행해 버린 것이다(물론 오해가 50퍼센트였다). 자취를 하기 때문에 돈이 필요했고 멀기 때문에 쉽게 나오지 못해 작업에 지속적으로 문제가 생겼다. 간신히 중도금 문제를 해결했고, 오해로 기분이 상했을 텐데 끝까지 일을 마무리해 주었다.

현대 씨 이후 원화 스태프로 이대용 씨가 면접을 보러 왔다. 원화 경력이 화려해서 왜 우리 작품을 하려고 하냐고 물어 봤더니 원화만으로는 벌어먹기 힘들어서 웹툰을 하려고 준비 중이라고 했다. 돈도 필요하고 그림에 대한 감도 잃어버리지 않기 위해 전문 업체가 아닌 우리 쪽에 지원을 했다고 했다. 기분 좋게 계약을 하고 함께 일하게 되었는데 대용 씨의 단점은 나이가 많다는 것이었다. 〈창백한 얼굴들〉 스태프 중 가장 나이가 많았는데 어느 날 이병관 감독님이 수정사항을 요청하자 화를 내셨다. 기분이 나쁠 수도 있지만 작품을 위해 수정을 요청하는 것까지 받아들이지 않으면 곤란하다는 생각이 들었다. 그는 우리들의 요구사항을 들어 주지 않은 채 본인만 끝이라고 생각한, 즉 감독의 오케이가 떨어지지 않은 컷을 남겨 두고 떠났다. 다들 당황하고 화가 났지만 어떻게든 이를 수습하기 위해 이병관 감독님과 한정임 원화 작화감독이 바쁘게 움직였다. 정말 아찔한 순간이었다. 더 마음이 아픈 것은 원화를 박스무비에 다시 넘겼는데 일정 시간이 지나고 나니 수준 이상의 원화들이 온 것이다. 적응 기간이 필요했을 텐데 너무 급한 나머지 적응도 안 된 컷으로 퀄리티로 판단하고 내부 스태프를 들여 큰 일을 치르게 된 셈이다. 물론 내부 스태프가 유리한 점이 많긴 하지만 내부에 사람을 들일 때는 검증된 사람, 감독과 이해관계가 있는 사람이어야 한다는 생각이 절실히 들었다. 급하다고 섣불리 뭔가를 선택하면 일을 그르치기 쉽다는 귀중한 경험을 얻었다.

이렇게 외주업체들이 하나둘씩 정리되어 갔다. 그 무렵 이병관 감독님이 중국에 계신 이상복 씨와 친분이 있어 연락을 미리 해놓을 테니 일정 금액을 돌려 받는 식으로 계약을 진행해 보라고 권유했다. 때마침 계약을 어떻게 정리해야 할지 고민하던 차에 감사한 마음으로 이상복 씨에게 연락을 취했다. 하지만 생각보다 많은 금액이 계약되어 있어 돈을 돌려받는 것은 불가능했고, 다음 기수 제작 때 진행하도록 이상복 씨를 설득해 돈을 날리는 것은 어떻게든 막았다.

삼각관계

한국영화아카데미는 다른 교육기관이나 제작사와 조금 다른 시스템을 가지고 있다. 일반적으로 교육기관은 지도교사의 지도 아래 학생이 개별적으로 작품을 만드는 시스템이고 제작사의 경우 투자를 받아 수익을 낼 수 있는 작품을 만드는 것을 목표로 한다. 하지만 한국영화아카데미는 지도교사의 지도 아래 학생이 아카데미의 지원금을 받아 작품을 만드는 특별한 시스템을 가지고 있다. 심지어 제작비를 지원받았음에도 수익을 내지 않아도 된다(물론 수익을 낸다면 더 좋겠지만). 이러한 요소들은 잘 연결이 되면 어느 곳보다 좋은 시너지 효과를 낼 수 있지만 이곳에서는 오히려 힘든 부분이 많다.

아카데미에서 일을 시작한 뒤 처음으로 제작상황 보고를 위한 프리젠테이션을 진행하게 되었다. 이 자리에는 담당 교수님이신 이성강 감독님과 〈돼지의 왕〉을 연출한 연상호 감독님이 참가하셨고 만화 웹진 〈A 코믹스〉의 편집장인 김봉석 평론가님도 함께 했다. 현재 제작상황의 간략한 소개를 하고 각자 감독들이 나와 지난 프리젠테이션 이후 수정된 것들에 대해 이야기했다. 프리젠테이션이 끝나자 시나리오부터 영상까지, 모든 것들에 관한 의견이 쏟아졌다. '저곳을 고쳐야 한다', '이곳은 이상하다' 등 현재까지 제작된 것의 일부를 새로 진행해야 할 정도의 조언들이 쏟아졌다. 우리들은 패닉 상태에 빠졌다. 조언 및 수정사항들을 생각해 보니 (아니 꼭 생각하지 않더라도) 지금 상황에선 절대 7월까지 작품을 끝낼 수 없다는 판단이 들었다.

프로젝트를 끝낼 수 있는 가장 좋은 방법은 퀄리티를 포기하는 것이다. 범욱 씨에게 '절대 불가능 할 것 같은데 퀄리티를 좀 낮춰 보는 건 어때요?' 라고 물었더니 의외로 수긍하는 대답이 돌아왔다. 그의 답변에 조금 놀랐지만 한편으로는 다행이었다. 단, 여기에는 큰 의견 차이가 있었다. 퀄리티를 최대한 적게 낮추면서 시간을 줄이는 방법으로 내가 제시한 것은, 한 업체를 선정해 레퍼런스를 제공하고 수정 없이 일괄적으로 작업을 진행하는 방법이었다. 하지만 감독으로서 절대 포기할 수 없는 부분이었기에 알겠다고는 했지만 결국 실제로 이뤄지진 않았다. 그래도 레퍼런스를 준비하고 여러 업체에 일을 분배해 실질적으로 진행 가능한 시간을 다시 계산하기 시작했다. 나는 아카데미에 요청할 수밖에 없었다. 마감을 10월로 미뤄달라고. 7월 마감은 절대적으로 불가능한 미션이었다.

대체 전임자가 무엇을 진행했는지 의문이 들었고, 끝낼 생각은 있었는지 원망도 많이 했다. 어떻게 해서든 작품을 끝내고 싶었다. 하지만 내가 할 수 있는 것이 너무 적어 무기력했고, 아무 능력이 없는 것처럼 느껴져 자괴감이 들었다. 이전 챕터에서 언급한 원화 파트의 문제와 갖가지 문제들로 인해 지속적으로 상황은 악화되기만 했다. 끝이 보이지 않았다.

이때 처음으로 합성이 완료된 컷이 나왔다. 함께 프리젠테이션을 진행했다. 느낌은 나쁘지 않았고 단조로운 캐릭터 대신 화려한 배경으로 화면을 가득 채워 밸런스를 맞췄기 때문에 조금만 손보면 꽤 괜찮을 것 같았다. 하지만 교수님들의 생각은 전혀 달랐다. 화면상 달의 위치, 어두운 부분의 색감, 하늘 색이 진짜 하늘색이었으면 좋겠다는 등 상당히 미학적인 요구사항들이 쏟아져 나왔다. 과연 이 많은 수정 사항이 실제 필요한 것인가에 대해 의문이 들었다. 물론 하나하나의 요소들은 필요한 것들이다. 시간이 충분하다면 말이다. 하지만 시간이 별로 없는 상황에서 이런 미학적인 부분보다 범욱 씨에게 꼭 필요한 조언은 기술적인 것이었다. 이런 서로 의미 없는 프리젠테이션이 몇 번 더 반복되었고 교수님과 범욱 씨 사이에는 알 수 없는 거리감이 생겼다. 이 상황에서 아카데미의 예산은 점점 소모되었고 지지부진한 진행 상황에 대한 무언의 압박 또한 가중됐다. 이를 극복할 수 있었던 것은 위트의 존재였다. 위트로 인해 현 상황을 좀 더 심각하게 받아들인 교수님들이 기술적으로 좀 더 시간과 비용을 아낄 수 있는 조언을 해주셨다. 아카데미 또한 실질적인 예산 문제로 인해 프로젝트의 세세한 부분에 신경을 쓰게 되었다. 외부의 문제로 인해 내부의 결속력이 다져졌다. 이는 작업을 하는 데 큰 도움이 되었다.

실타래

시간이 지날수록 어느 정도 문제가 정리되어 가고 있었다. 예산 문제도 파악되고 엉망이었던 계약 관계도 대부분 해결되었다. 내부의 갈등도 정리가 되었을 무렵 새로운 일들이 꾸준히 발생했다. 새로운 기법, 추가 계약 또한 원화와 관련된 일들이 가장 크게 다가왔다. 가장 먼저 풀어야 했던 것은 완료된 레이아웃을 원화로 풀어주는 것이다. 본래 레이아웃이 완료되면 바로 원화 작업을 들어가야 하는데 원화 계약이 이병관 감독님 혼자만 되어 있던 상태라서 인력도, 또 동화로 풀어줄 물량도 부족한 상황이었다. 내부 스태프로 모신 두 분은 또 다른 난제를 던져줄 뿐이었다(특히 대용 씨가 작업한 부분은 추후 이병관 감독님이 통째로 수정하는 초유의 사태가 벌어지기도 했다). 그나마 박스무비에서 엄청난 물량을 소화해 주었지만 이는 바로 박스무비에서 동화 작업을 했기 때문에 은아프로와 안영준 프로듀서님에게 배분해야 하는 물량을 뽑아내는 것이 급선무였다.

열심히 지인들에게 도움을 요청해 보고 인력을 찾아 보았지만 기간이 얼마 남지 않은 상황에서 이를 해결해 줄 수 있는 능력자는 존재하지 않았다. 이때 범욱 씨가 2기 작품인 〈로망은 없다〉의 원화를 한 안현주 씨 연락처를 얻어 연락을 취했다. 미팅을 진행했고 본인은 바쁘지만 다른 지인에게 일을 분배해 진행해 주겠다고 했다. 워낙 꼼꼼하게 잘해 주신다는 소문은 있었지만 까다로운 컷들을 손볼 곳 없이 잘 진행해 주어 많은 도움이 되었다. 또 〈화산고래〉의 동화 업체인 D&T에 원화 인력을 문의한 끝에 일부 컷을 급히 맡길 수 있었다(D&T는 〈창백한 얼굴들〉의 동화 업체이기도 했으나 두 개 프로젝트에 계약이 되어 있어 한쪽에 몰아주는 방식으로 진행하게 되었다). 또 옴니버스의 박민 감독님이 먼저 프로젝트를 끝내고 막바지에 합류해 주어 까다로운 군중 컷들을 도와주셨다. 이렇게 간신히 원화 물량을 마무리했다. 어느 정도 원화가 정리되었을 때 등장한 또 다른 변수는 바로 한정임 작화감독의 계약기간이었다. 본래 7월이 프로젝트 마감이기 때문에 계약기간이 7월로 종료됐다. 때문에 이후 다른 업체와 약속한 일을 시작하신 것이다. 원화가 쌓여 있었지만 다른 일로 너무 바빠 원작을 봐주지 못했다. 때문에 동화 업체로 컷이 나갈 수 없었다. 다행히 많은 분들의 도움으로 원화가 일괄적으로 마무리되어 한정임 작감님이 여러 번 출근할 필요 없이 며칠 안에 모든 컷들을 정리할 수 있는 상황이 되었고, 계약기간이 지난 후에도 개인 시간을 많이 투입해 마무리를 지어 주셨다.

이렇게 모인 원화 컷들을 동화 업체로 넘기는 과정에서 어려운 일이 발생했다. 한번에 많은 컷을 주지 못해 지속적으로 컷을 달라는 요청이 들어왔다. 하지만 위에서 언급한 것처럼 막바지에 몰린 컷을 해결하기 전까지 충분한 물량을 줄 수 없는 현실이었다. '다음주에는 많이 드릴께요. 네, 더 드릴 수 있어요.' 거짓말 아닌 거짓말을 계속 하게 되었고 은아프로에는 동화 인력이 빠져 나가지 않도록 붙잡아 달라는 부탁을 계속 할 수밖에 없었다. 차차 원화의 문제가 해결됨과 동시에 동화 문제는 자동으로 해결되었다. 이를 위해 힘써 주신 모든 분들, 특히 은아프로의 소경숙 작감님께 감사의 말씀을 전하고 싶다.

이후 컬러 작업까지는 큰 문제가 없었다. 다만 합성 단계에서 또 다른 문제가 발생했다. 위에서 언급한 것처럼 위트에서 진행하는 합성 컷이 총 제작 분량에 비해 턱없이 부족했고 이를 위한 인력을 새롭게 구성해야 했다. 꾸준히 또 묵묵히 작업을 진행해 줄 인력을 찾던 중 프리랜서로 활동하는 대학 동문 상일이에게 연락을 했다. '2D 애니메이션에서 소스 받아서 그냥 합성하는 일이 있는데 딱히 바쁘지 않으면 한 번 해보지 않을래?' 다행히 상일이는 현재 진행하는 프로젝트가 일주일 뒤에 끝난다며 흔쾌히 업무를 수락해 주었다. 초반에는 서로 스타일을 맞추는 작업을 주로 해나갔다. 본래 〈창백한 얼굴들〉에는 몇 컷에만 들어가기로 했던 그림자 문제가 발생했다. 상일이가 진행한 그림자 이미지가 괜찮았는지 아니면 범욱 씨가 보기에 그림자 없는 컷이 완성도가 떨어져 보였는지 합성단계에서 전 컷에 그림자를 넣기로 한 것이다. 쉬워 보이지만 단순반복 작업으로 시간에 비해 성과가 별로 없는 이 일을 상일이는 가끔 투덜대면서도 빠른 속도로 잘 진행해 주었다. 친구의 부탁으로, 또 책임감 때문에 일을 잘 진행해 준 상일이에게 고맙고 조만간 거하게 밥을 한 번 사야 할 것 같다.

일이 점점 정리되는 가운데 중간 중간 2D가 아닌 새로운 기법들 문제가 불거져 나왔다. 컷아웃 기법을 진행하던 김민호 씨가 더 이상 못하겠다며 돈을 돌려주고 작업을 중단해 버린 것이다. 이 상황이 처음 기획을 한 범욱 씨에게 그대로 전달되었고 나는 범욱 씨를 그저 바라만 볼 수밖에 없었다. 또 페인트 온 글라스 방식을 진행해야 하는 시점이 다가옴에 따라 공간 확보 등 여러 가지 문제들이 발생했다. 촬영이 가능한 스탠드가 아카데미 지하에 있었으나 그곳은 다른 짐들로 가득 차 있었고 짐들이 빠지는 시점을 기다릴 수밖에 없었다. 짐이 빠지고 급하게 스탠드를 옮겨 작업실을 구성하기 시작했다. 카메라도 빌리고 PC도 세팅하고 거의 모든 게 마무리 되어 갈 무렵 촬영 프로그램인 드래곤 스톱모션을 구하려 하였으나 도저히 구할 방법이 없었다. 급히 학교에 요청해 해외 사이트에서 결제를 했고 프로그램이 올 때까지 일주일이란 시간을 버리게 될까봐 걱정하고 있었으나 구매 후 메일에 시리얼 넘버가 들어 있는 것을 확인했고, 프로그램 세팅까지 완료한 뒤 촬영을 잘 마무리할 수 있었다.

이렇게 많은 분들의 도움으로 〈창백한 얼굴들〉의 얽혀있던 실타래가 점점 풀렸다. 끝나지 않을 것만 같았던 일들이 점점 마무리되었다. 한 컷 한 컷 합성이 완료된 영상들을 확인하면서, 과연 영상들이 어떤 작품으로 완성될 것인가 기대감이 커져 갔고 잘 마무리해 준 스태프들에게 고마운 마음이 들었다. 처음 애니메이션 프로듀서를 시작했을 때 메인 프로듀서님이 해주신 말씀이 기억 난다. '스태프를 가족처럼 생각하지 않으면 프로듀서 일을 할 수 없다.' 그 말이 절실하게 와 닿는 순간이었다. 내가 얼마만큼 스태프들을 가족처럼 생각했는지 돌아보았다. 딱히 잘한 것은 하나도 없는 것 같다. 애니메이션은 다른 예술과 달리 정말 많은 사람들이 함께 한다는 특징이 있다. 사실 프로듀서가 하는 일은 따로 없다. 그저 능력 있고 재능 많고 열정 있는 사람들을 모아 하나로 이어주는 것뿐이다. 이번 프로젝트에서는 중간에 들어왔다는 이유로 또, 마감이 얼마 남지 않았다는 이유로, 여러 프로젝트를 진행해야 한다는 이유로 충분히 사람들을 챙겨주지 못하고 프로듀서라는 이름의 업무를 충분히 수행하지 못해 미안한 마음이 크다. 그래도 처음 걱정했던 것보다 훨씬 좋은 작품으로 세상에 태어날 〈창백한 얼굴들〉을 기대하며, 또 한 발 나아가 '허범욱 감독'의 내일을 기대해 본다.

•Ep01 – 범욱 씨

〈창백한 얼굴들〉의 감독 허범욱. 웬만한 여자만큼 머리를 기르고 있는 그는 그것만으로도 특별한 인상이었다. 전해 듣기론 프로젝트가 시작되면서 삭발을 했고 아마 작품이 끝날 때까지 자르지 않을 것이라는 것. 어색한 관계가 풀려가던 어느 날 범욱 씨와 함께 홍대입구역 11번 출구 쪽에 있는 버거킹에서 함께 저녁을 먹은 적이 있다. 어릴 적 태권도를 하던 소년은 어느 날 영상에 빠져들었고 애니메이션이 너무 좋아 한국예술종합학교에 가기 위해 수많은 노력을 기울였지만 갈 수 없었다. 하지만 난 그의 노력에 대한 이야기가 참 대단하다고 느꼈다. '내가 저렇게 그림을 그려 본 적이 있던가?' 부끄러움이 밀려왔다. 그 뒤 그는 한국영화아카데미에 입학해 본인의 이야기를 다른 사람에게 선보이기 위해 부단히 기술적으로 또 예술적으로 많은 연구를 한 것 같았다. 햄버거를 다 먹어 갈 때 쯤 나는 '이번 작품이 끝나면 뭐 할 거에요?' 라는 질문을 던졌고 범욱 씨는 '쉴래요'라고 말했다. 나는 '아, 이 사람이 작품에 모든 걸 쏟고 있구나' 느꼈고 마음의 부담감을 안고 집으로 돌아왔다.

•Ep02 – 창백한 얼굴들

처음 면접 합격 소식을 들은 뒤 범욱 씨에게 〈창백한 얼굴들〉의 스토리보드를 받아 집으로 돌아왔다. 내용도 이해할 겸 샤워 후 침대에 누워 부푼 마음으로 스토리보드를 넘기기 시작했다. 흑백의 세상, 피부색이 있다는 이유로 괄시 받고 괴물 취급을 받는 민재. 그로 인해 벌어지는 수많은 사건들. 스토리보드는 온통 무채색과 살인으로 가득 차 있었다(물론 이는 범욱 씨가 원하는 이야기를 표현하기 위한 가장 효과적인 방식이다). 개인적으로 어두운 계열을 좋아해서 옷도 어둡게 입는 편이지만, 이 스토리보드는 보는 내내 점점 기운을 빼앗아 가는 느낌이었다. 낮에 아카데미 사람들과 첫 만남으로 긴장을 했던 터라 피곤했는지 스토리보드를 보다 잠이 들었다. 그 사이 꿈을 꾸었는데 꿈속의 세상이 온통 흑백이었다. 기괴한 방식으로 살육이 벌어지는 악몽을 꾸었다. 아침에 한껏 다크서클이 드리워진 얼굴로 친구에게 악몽을 꿨다고 하소연하며 하루를 보냈다.

• Ep03 – 호단사

홍대 커피프린스 1호점 앞에 있는 골목 안쪽에 '호단사'라는 도시락 집이 있다. 이곳은 〈창백한 얼굴들〉 스태프들이 상당히 자주 식사를 하러 갔던 곳이다. 가격도 저렴하고 화학 조미료도 사용하지 않아 늘 기분 좋게 식사를 할 수 있었던 곳이다. 사무실에서 작업을 하다 보면 다들 기분도 처지고 웃음도 사라지는 경우가 많다. 그럴 때 우리들은 이곳에서 맛있는 음식을 먹으며 기분 전환을 했다. 다양한 지식과 수더분한 웃음으로 우리를 맞아 주시는 사장님과 기분 좋게 대화를 나누며 잠시 휴식 시간을 갖곤 했다. 그런데 '호단사'에는 한가지 단점이 있다. 시도 때도 없이 가게 문이 닫혀 있었다. 사장님이 요리를 너무 좋아해서 가게를 운영하긴 하지만 주 수입원은 따로 있기 때문에 몸이 안 좋거나 본업에 무리가 가면 가게를 열지 않았다. 심지어 신선한 재료가 없거나 또 신 메뉴를 개발할 때도 가게 문을 닫아 자주 당혹감을 안겨 주셨다. 하지만 우리는 언제나 그렇듯 늘 그 집으로 가는 발길을 멈추지 못했다. 오늘은 문을 열었을까. 작품을 완성하는 순간까지 마음을 졸이며 식당을 찾았던 기억이 난다.

• Ep04 – 노란코끼리

한국영화아카데미의 제작연구과정 사무실은 아카데미 본교에서 약 5분 거리인 삼진제약 건물에 위치해 있다. 바로 길 건너편에 '노란코끼리' 라는 커피전문점이 있는데 우리들은 매일 한 번씩 이곳을 찾았다. 스태프들은 밤샘 작업도 많이 하고 다들 카페인을 절실히 필요로 하기 때문에 커피를 자주 마신다. '노란코끼리'는 기본적으로 투 샷을 제공하고 가격도 저렴하기 때문에 적은 제작비로 즐길 수 있는 최적의 커피였다. 단순히 커피를 마시기 위한 곳이라기보다 작업에 지쳤을 때 길거리를 바라보며 한숨을 돌릴 수 있는 휴식의 공간이기도 했다. 또 매일 갈 때마다 사장님이 우리를 기억해 주시고(사실 그렇게 매일 찾아가면 기억하기 싫어도 기억할 수밖에 없지만) 작업은 잘 되는지, 피곤하진 않은지, 물어보시며 '힘내세요!' 라는 응원의 메시지를 아끼지 않았다. 늘 지쳐 있는 우리에게 힘을 주신 사장님께 감사의 마음을 전하고 싶다.

창백한 얼굴들

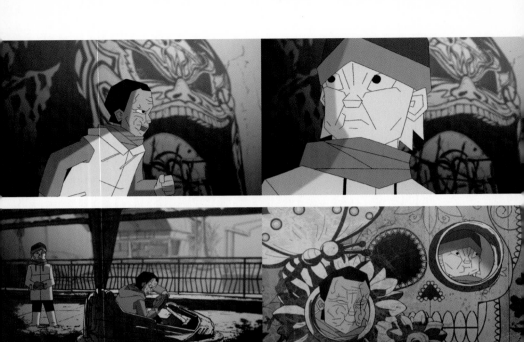

창백한 얼굴들

창백한 얼굴들

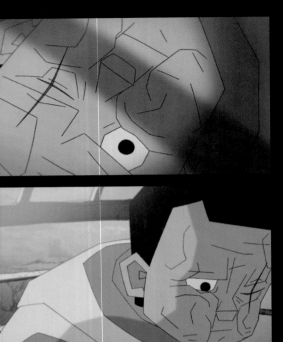

창백한 얼굴들

013

그리고 삶은 계속된다

끝나지 않은 이야기

우리는 계속 폭탄을 만났습니다. 어떠한 폭탄은 잘 처리되었고, 어떠한 폭탄은 쾅 터져 버리기도 했습니다. 그리고 그 수습 또한 우리의 몫이었습니다. 물론 그것 또한 어떠한 것은 수습되었고, 어떠한 것은 끝내 수습되지 못했습니다. 감수해야 했습니다. 애니메이션을 만드는 과정은 '포기'하는 과정의 연속이라고 저는 생각합니다. 이것은 단편과 장편이 똑같습니다. 모든 계획을 정확히 지켜 가며 작품을 완성할 수는 없습니다. 어쩔 수 없이 어떤 부분을 포기해야 할 선택의 순간은 반드시 옵니다. 그 순간이 너무도 가슴 아픕니다.

어머니와 아내가 물에 빠졌다.
당신은 누구를 먼저 구할 것인가?

저런 말도 안되고 잔인한 비인간적인 질문과 선택. 어떤 것이 더 소중한지 우월을 가릴 수 없는 것들의 우선권을 가려내야 하는 것이 '포기'의 필수 단계입니다. 상스런 욕을 저절로 내뱉게 되죠. 그럼에도 버릴 수 없는 것들을 냉정하게 평가하고 버려야만 합니다. 만약 선택을 하지 않고, 차일피일 미룬다면 앞으로 나아갈 수 없습니다. 더 이상 작품을 진행할 수 없습니다.

잔인하고 냉정한 선택의 기준은 '무엇을 말하고자 했는가!'입니다. 고민 끝에 고른 선택지가 그것에 위배된다면 버려서는 안됩니다. 다른 부분으로 커버할 수 있을 것이란 확신이 있을 때만 그것을 버릴 수 있습니다. 어떠한 이유에서도 내가 이 작품에서 말하고자 하는 의미를 포기해서는 안됩니다. 그것이 곧 작품을 만드는 이유이기 때문입니다. 이것을 포기한다면 작품을 만들었던 모든 시간들이 쓸모 없는 시간 낭비에 지나지 않을 겁니다.

저 또한 제가 이 작품을 통해 말하고자 했던 감정들을 지켜 내는 것. 그것만이 낭떠러지 끝에 서있는 지금 아래로 떨어지지 않을 수 있는 유일한 '끈'입니다. 아무리 액팅이 좋지 않더라도 감정을 나타내는 캐릭터들의 표정과 움직임을 끝까지 가져가야 합니다. 지금은 이 하나밖에 남아 있지 않습니다. 이미 현실적인 상황에 부딪혀 많은 부분을 포기했습니다. 그러나 이것마저 이루어지지 않는다면, 저의 지난 시간은 그저 실패의 과정을 '체험'하는 것밖엔 없을 것입니다. 그것도 긍정적으로 생각해서 말이죠. 그리고 저는 아마도 자연스럽게 더 이상 애니메이션을 만들 수 없게 될 것입니다. 그래서는 안됩니다. 저에겐 아직 하고 싶은 이야기가 남아 있습니다. 저의 이야기를 만들 수 있는 기회가 다시 찾아오길 바라고 있습니다.

아직 작업은 끝나지 않았습니다. 그렇습니다. 남은 작업들이 저의 미래를 결정할 것입니다. 세상의 평가는 두렵지 않습니다. 저는 그저 저 스스로가 이 작품을 통해 말하고 싶었던 바로 '그것'을 지켜 내기만 하면 됩니다. 저는 최선을 다 하고 있습니다. 당신이 이 글을 읽고 있을 때면 '그것'은 이미 확인되었을 것입니다. 어떻습니까? 당신은 '그것'이 느껴지십니까? 저는 그 무엇보다 '그것'을 느끼셨기를 간절히 바라고 있습니다. 갈 길이 멉니다.

감사합니다.

179

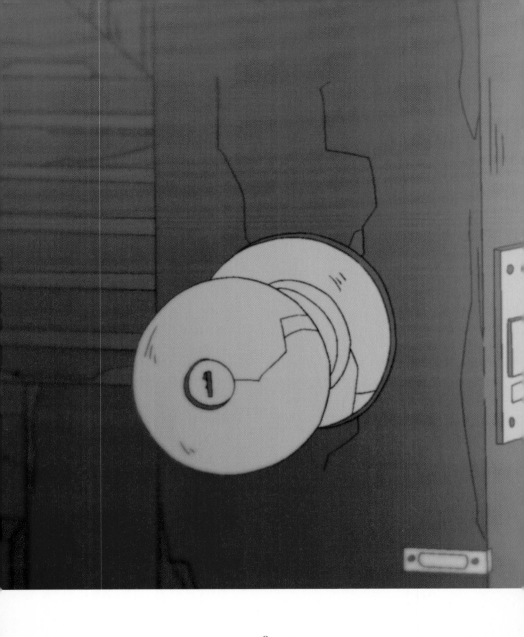

창백한 얼굴들

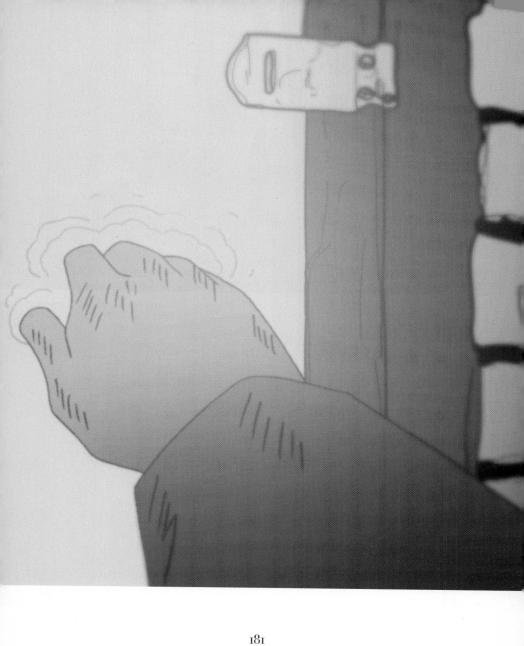

창백한 얼굴들

창백한 얼굴들

꿈의 구장

에필로그

오랜만에 진심이 담긴 긴 글을 썼습니다. 종종 펜을 잡고 글을 쓰려고 했지만, 채 몇 줄을 채우지 못하고 쓰고 지우는 것을 반복하곤 했습니다. 마음에 드는 글을 쓰는 것이 나이를 먹을수록 더 힘듭니다. SNS 때문에 긴 글을 쓸 기회가 줄어든 탓일까요? 짧은 글 몇 마디만 툭툭 던져 놓는 것이 요즘 글 쓰는 습관이 되어 버린 듯합니다. 가끔은 이 세상이 점점 발전하고 좋아지는 것이 아니라는 생각도 듭니다. 본질적으로 말이죠. 저만 해도 20대 초반의 글들이 지금보다 더 감성적으로나 문장으로나 좋았다는 생각이 듭니다. 그때는 쓰기만 하면 술술 써졌는데, 요즘은 마음을 잡고 있어도 잘 안됩니다. 점점 글 쓰는 능력이 쇠퇴해 가는 것 같습니다. SNS로 많은 사람들과 글로 소통하면서도 글 쓰는 능력이 쇠퇴해 간다니 참 아이러니하지 않나요?

그렇습니다. 어쩌면 이 모든 것들은 '꿈'의 문제일지도 모르겠습니다. 20대 초반까지 저는 소설가와 시인. 글 쓰는 사람이 되고 싶었으니까요. 연필만 잡아도 쓰고 싶은 것들이 넘쳐 나던 시절이었습니다. 뭘 그렇게 쓰고 싶었던 것일까요? 옛날 글들을 읽어보면 제가 말하고 싶은 주제는 단 두 가지였습니다. 사랑과 꿈. 그 외에 다른 주제는 쓰지 못했습니다. 당연한 결과입니다. 생각하고 행동하는 것들이 그것들뿐이었으니까요. '사랑'에 실패하고 '꿈'에 실패했던 시절이었습니다. 우울함과 자괴감에 빠져 헤어나지 못했죠. 하고 싶은 것들은 노력해도 잡을 수 없었고, 그로 인해 소중했던 사람이 떠나갔습니다. 네, 그랬습니다. 할 수 있는 게 글 쓰는 것밖에 없었네요.

20대 중반이 넘어서야 소설가와 시인이 되고픈 꿈이 완전히 사라졌지만 글은 여전히 쓰고 있습니다. 그리고 글 쓰는 것이 한편으론 직업이 되어 버렸습니다. 애니메이션의 시작이 시나리오이기 때문이죠. 좋은 이야기를 써야 제작지원도 받을 수 있고, 좋은 작품을 만들 수 있습니다. 곰곰이 생각해 보면 참 웃긴 일입니다. 다른 길을 선택했지만 결국에는 모든 게 연결되어 있죠. 태권도 국가대표도, 소설가도, 시인도, 애니메이션 감독도 어떻게 본다면 같은 것입니다. 애니메이션 감독은 태권도 국가대표처럼 자신의 몸과 정신을 다스릴 줄 알아야 하고, 소설가처럼 이야기를 만들어 내는 능력과, 시인처럼 감성적이고 상징적인 표현을 할 줄 알아야 하니까요. 한때는 저의 지나온 삶들이 버려진 시간이었다고 생각했던 시절이 있었습니다. '좀 더 일찍 시작했으면 저들보다 더 잘할 수 있었는데' 하는 마음 말이죠. 깨달음은 언제나 뒤늦게 찾아옵니다. 두 번째 단편을 만들고 나서야 알 수 있었습니다. 그 고통의 시절이 없었다면 저는 절대 〈선량한 인간들의 도시〉를 만들 수 없었고 〈창백한 얼굴들〉의 시나리오를 쓸 수 없었습니다. 서른 살이 넘어서야 알게 되었죠. 저는 언제나 모든 것이 참 늦네요. 하지만 어쩌겠습니까? 그게 바로 저 허범욱입니다.

서른한 살 현재 저의 결론은 '무엇을 이야기하고 싶은가?' 입니다. 내일이라도 당장 달라질 수 있겠지만 말이죠. 그것이 예술이든 기술이든 중요하지 않습니다. 화가, 회사원, 정치인 등등 직업은 중요한 것이 아닙니다.

내가 할 수 있고 제대로 표현할 수 있는 방법으로 하고 싶은 이야기를 한다.

그것이 '꿈'이 아닐까요? 그렇기에 우리는 모두 꿈의 구장에 있습니다. 누구는 타자로, 누구는 투수로, 누구는 관중으로, 누구는 볼보이로, 누구는 심판으로 말이죠. 모두 다른 방식으로 이야기를 합니다. 홈런 타자와 에이스 선발 투수만이 전부가 아닙니다. 그에 비유해 보면 저는 신인 불펜 투수입니다. 언젠가 마운드를 밟아 보겠지만 당장 선발투수는 될 수 없는 투수. 선발 투수가 너무 잘해 완봉이라도 할라치면 볼 수 없는 투수. 그러나 저에겐 그것이 그렇게 중요하지 않습니다. 저에게는 마운드를 밟아 본다는 것이 중요하고, 마운드에서 단 하나의 공을 던질지라도 전력투구를 하고 싶을 뿐입니다. 그래야만 후회가 없을 겁니다. 현재 저는 그런 자리에 있습니다. 그 단 하나의 공이 〈창백한 얼굴들〉입니다.

저는 직구 그립을 잡고, 심호흡을 크게 내쉽니다. 그리고 천천히 포수를 노려보고 와인드-업을 합니다. 제가 던질 구종은 직구. 코스는 한가운데입니다. 그렇습니다. 저는 무엇이 어떻게 되었든 하고 싶은 이야기를 하고 있습니다. 만약 이 직구가 삼진을 잡아내지 못한다고 해도 저는 계속 마운드에 올라올 수 있는 기회를 얻었으면 좋겠습니다. 저는 이제 막 한 개의 공을 던졌을 뿐입니다. 아직 던지고 싶은 공이 많이 남아 있습니다. 네, 그렇습니다. 제가 좋아하는 '애니메이션'으로 더 많은 이야기를 할 수 있으면 좋겠습니다. 그 미래를 향해 공을 힘차게 뿌려 봅니다. 꿈의 구장에서 저의 공을 바라보는 여러분.

여러분은 어디에 계시나요?

Opening Credit

제공

한국영화아카데미

제작

KAFA Films

국내배급, 마케팅 지원

CJ CGV 무비꼴라쥬

해외배급

CJ 엔터테인먼트

End Credit

제공

한국영화아카데미

원화 작감

한정임

제작

KAFA Films

프로덕션 코디네이터

박병산 박용호 소경숙 안영준

각본, 감독

허범욱

배경설정

허범욱 김기환 김효미 서원미

프로듀서

김기환

배경

김기환 정혜진 김효미 서원미 김효진

작화 감독

이병관

캐릭터 설정

허범욱 전진규

작화 조감독

진성민

스토리보드

허범욱 홍은지 허만재

배경 감독

김기환

애니메틱 릴

허범욱

캐릭터 레이아웃

허범욱 정혜진 조종덕 이시명 박경미

배경 레이아웃

허범욱 김기환

원화

이병관 진성민 이현대 안현주

박스무비

김홍근 김대진 임승화 이해미 이상미
백선화 서정훈 정주왕 박해원 백승찬
김천수

은아프로

D&T

Studio Cliff

동화 작감

진성민 소경숙 조희남

동화

진성민

은아프로

소경숙 김은경 문희 양소양 백종염

박수인 홍준선 정은진 조해영 임진희

D&T

이진아 김진하 오재희 유경성

안영준

조희남 박귀선 허경선 우복자 박순천
이영선

박스무비

스캔, 칼라

진성민

은아프로

이정우 소호준 서경화 나혜정 백미경

D&T

김찬양 정의숙 이선호

안영준

김민설 김희경

박스무비

합성

한상일 허범욱

3D트럭 모델링

김민서

3D트럭 애니메이팅

박민교

3D트럭 라이팅

김문희

페인팅 온 글라스

장유경

만화

김영경

페이퍼 애니메이션

김도연

우주

허범욱 Peder Norrby 성보경

컷아웃 애니메이션

허범욱

실사 촬영

이석준 김시진

실사 촬영 배우

진성민

색보정

이진근

음악

최현근 봉윤근 이소영

한국영화아카데미(KAFA)

제작책임
최익환

배급, 마케팅책임
박흥기 정유경

제작총괄
이성강

배급, 마케팅진행
임수아 김민아 윤부미 임아영

제작운영
황동미 김수덕

행정지원
김용봉 한인철 도동준 최혜선 정하선
서혜진 김유경 김보라 김혜연

시나리오 컨설턴트
오승욱

프로덕션 컨설턴트
연상호 박헌수 김봉석 김준양

제작 코디네이터
김기환

도움 주신 분들

조득수 서혜승 이문주
이종국 김명종 박지연
탁도연 이진화
허근영 김옥자 허보연
김의석 홍학순 조진환
안국진 김성무
박혜미 전용석
신혜진 박재옥 수경
호단사 노란코끼리

창백한 얼굴들

나는 왜 이 땅에서 애니메이션을 만들고 있는가?

© 한국영화아카데미 2013

초판 1쇄 인쇄 2013년 12월 23일

초판 1쇄 발행 2013년 12월 27일

지은이 한국영화아카데미

펴낸이 이기섭 최익환

편집 황희연

디자인 131WATT

마케팅 조재성 성기준 정윤성 한성진 정영은

관리 김미란 장혜정

펴낸곳 한겨레출판(주)

등록 2006년 1월 4일 제313-2006-00003호

주소 121-750 서울시 마포구 공덕동 116-25 한겨레신문사 4층

전화 02-6373-6752

팩스 02-6373-6790

대표메일 cine21@hanibook.co.kr

주소 서울시 마포구 서교동 337-8 한국영화아카데미

전화 02-333-6087

팩스 02-332-6010

ISBN 978-89-8431-770-3 03860